林文月——著

# 蒙娜丽莎微笑的嘴角

北京时代华文书局

# 自序　林文月

这一生和文字结下了深缘，
读书、教书，也写书、译书。

这一本小书所收录的，大部分是我近年来的文章。其中，《拟古》、《游于译》和《平冈武夫教授的〈白居易〉》三篇，是去春三四月间，接受“二〇〇八年简静惠人文讲座”的演讲稿。简静惠是多年前我初登教坛时大一国文课的学生，如今她热心文化公益。

这三个演讲，《拟古》本来是我自己的一本散文集名称，在台大文学院的会议室演讲。所谈的内容是关于学术研究与文学创作之结合，听讲的人，多数是台大的学生，也就是我的学弟学妹们。而主持人何寄澎教授，是我从前在研究所的课程班的学生，当时他主持系务。《游于译》是在洪建全教育文化基金会敏隆讲堂的一场对外公开演讲，那天静惠也来了，她并且还送了我一大捧百合花。主持人朱秋而教授，也是我多年前中文系的学生。其后留学于日本京都大学，专攻日本古典文学，如今在台大日文系执教。我的演讲内容是日本文学的中文翻译问题，由秋而主持十分恰当。至于《平冈武夫教授的〈白居易〉》，则为“第五届日本汉学国际学术研讨会”的专题演讲而写，原稿准备了中日两种文章，当天是在台大文学院演讲厅举办研讨会，所以我选用了中文讲稿。主持人郑清茂教授是我的老同学。我们是同一年考取台大中文系的两位台湾籍学生。他在台大中文研究所毕业后，留学于美国，又赴日本研究日本汉学。我们二人多年来互切磋相勉励。清茂自己是第一届研讨会的专题讲者，由他做主持人十分有意义，也为我壮胆不少。

《“归鸟”几只》，是谈论古典诗的欣赏和研究之际，参考外文资料的种种反省，是于成功大学的文学院演讲厅讲话的底稿。当天的主持人是文学院院长陈昌明教授，也曾是台大中文研究所班上的优秀学生。

如此补述几篇讲稿的写就与发表，竟发现自己的生活是多么的单纯。不过，我习惯于这种简单的生活，满足于纯善的人际关系。我和我的学生们一直维系着这种纯善美的情谊，或许是缘起于我在台大中文系求学时期的一种传统吧。在我们那个时代，中文系并不是热门科系，录取的学生却都是唯一志愿的少数，教授的阵容十分强大。师生之间不仅止于学问的授受，更及于为人处世生活的各种层面，那真是美好温馨的人际关系。

《始经丧乱》，是台大中文系主持系务长达二十年之久的大家长台静农教授所撰写的一篇散文。美国汉学界的学志邀约我介绍台先生，我袭用了台先生自己的题目，改易一个字为“身经丧乱”，恭敬缅怀，写成先生的传略。台先生的学问艺术、人格典范，无法于有限的篇幅内尽述，这篇文章只是我对老师粗浅的认识罢了。撰写此文时，对我而言，最困难之处在于，有关台先生在书法篆刻方面的造诣，非我所能深刻了解把握的，需要参阅求助于专家的意见。

类似的情况，也发生在为庄灵摄影集和孙家勤画集所写的两篇序文。我平时甚少为他人书籍写序，自己出书也甚少求序于人，但庄灵和家勤两位是多年来的朋友，我非常欣赏他们的才华和作品。《视灵七十》与《美好的记忆》二文，与其说是为影集和画集写序，毋宁是通过文字追叙与两位艺术家的认识，以及向对艺术如此热烈执着的朋友表达我衷心的敬意。

由于生长在比较特殊的时空背景，我自然习得日文和中文两种语文。平时的思维谈话，在下意识里似乎总是在内心进行着互译。而实际上，我也译过一些书，参与过一些讨论翻译的会议。《千载难逢竟逢》和《中日翻译界小型座谈会追记》，前者是记去年岁暮在京都举行的《源氏物语》千年纪，后者则是一九九三年初夏在台北的一次规模很小的座谈会。时间相差十五载，文章长短有别，但是，翻译是我最关心的事情之一，而在书写之际，我总无法停留于表象客观的记录，往往难免带一些意见、批评，或者感慨、缅怀。

林以亮是香港翻译界可敬的前辈，本名为宋淇。我初识宋先生是在一九七八年译竟《源氏物语》，受邀于香港中文大学的《译丛》学志（*Renditions*）之邀，赴港演讲我翻译此书的经验与心得。那一年我四十五岁，大概是全世界外文翻译《源氏物语》最年轻者。在坐满学者专家、译界名流的听众之间，我谈自己五六年以来的译事困难和解决的诸问题，难免有些心悸。那种情绪，至今记得。宋先生以《译丛》的主持人身份，坐在前排中央，他清癯儒雅而表情严肃，却仿佛有时也微笑颔首。餐叙时，以邻座之便，宋先生频频问及我上午未提及诸事，对于晚辈的勉励关怀之情，溢于言表。其后多年，常有书信往来。他的信内容多与译事相关，字迹小而工整，往往密密写满数页之长。其后因公赴港之际，也总是登门拜访，得与英文造诣甚高而同样热心译道的夫人邝文美女士相识。

一九八七年，我获为香港翻译学会荣誉会员。颁赠会员资格的典礼上，宋先生意外地出现。那时他肺疾恶化，谢绝外务应酬已多时，当天不仅出席了上午的典礼，并且还参加午宴，坐在我的邻座，一如往昔。他举起开水替代酒的杯子为我祝贺，又带了几本早期大陆出版的古典论文集子，说："你留着有用。"并小声透露了一个秘密，"我关于《红楼梦》的文章，最后一个集子的名称想好了。叫做《红楼梦醒》。"说罢，竟笑出声音。我也提早告诉他："我的下一本散文集，也已经有眉目了，书名是《拟古》。""很别致，有意思。"宋先生说话时声音小，但充满真挚的表情，我清楚记得。

宋淇先生，人称他傲岸严峻，但他对我的译事，于严格中有一分策勉和期许，令我敬佩感激。在编排这集子之际，我特别将收藏多年纸面已泛黄的剪报《翻译和国民外交》附系于此，以为缅怀志念。

何寄澎，先是论述唐宋古文，其后逐渐扩大范围，更及于近、现代，在散文研究里自成体系。我每每看到他在论著里提到我的文字，观察细腻，缕析翔实，深得我心。这里借用了他写的一篇《林文月散文的特色与文学史意义》，谢谢寄澎慨允。

这本书自计划至形成，从无到有，端赖许悔之热心鼓励催促安排，终于签下了悔之与他的年轻合作群新组成的有鹿文化公司的第一份出版合同。在此表示谢忱，并祝福对文化有理想愿景的他们前途无量。

二〇〇九年初夏

# 目录

一九七〇年，林文月于京都北白川通寄寓读书处。（林文月提供）

# 蒙娜丽莎微笑的嘴角

## 谈文艺欣赏的一种态度

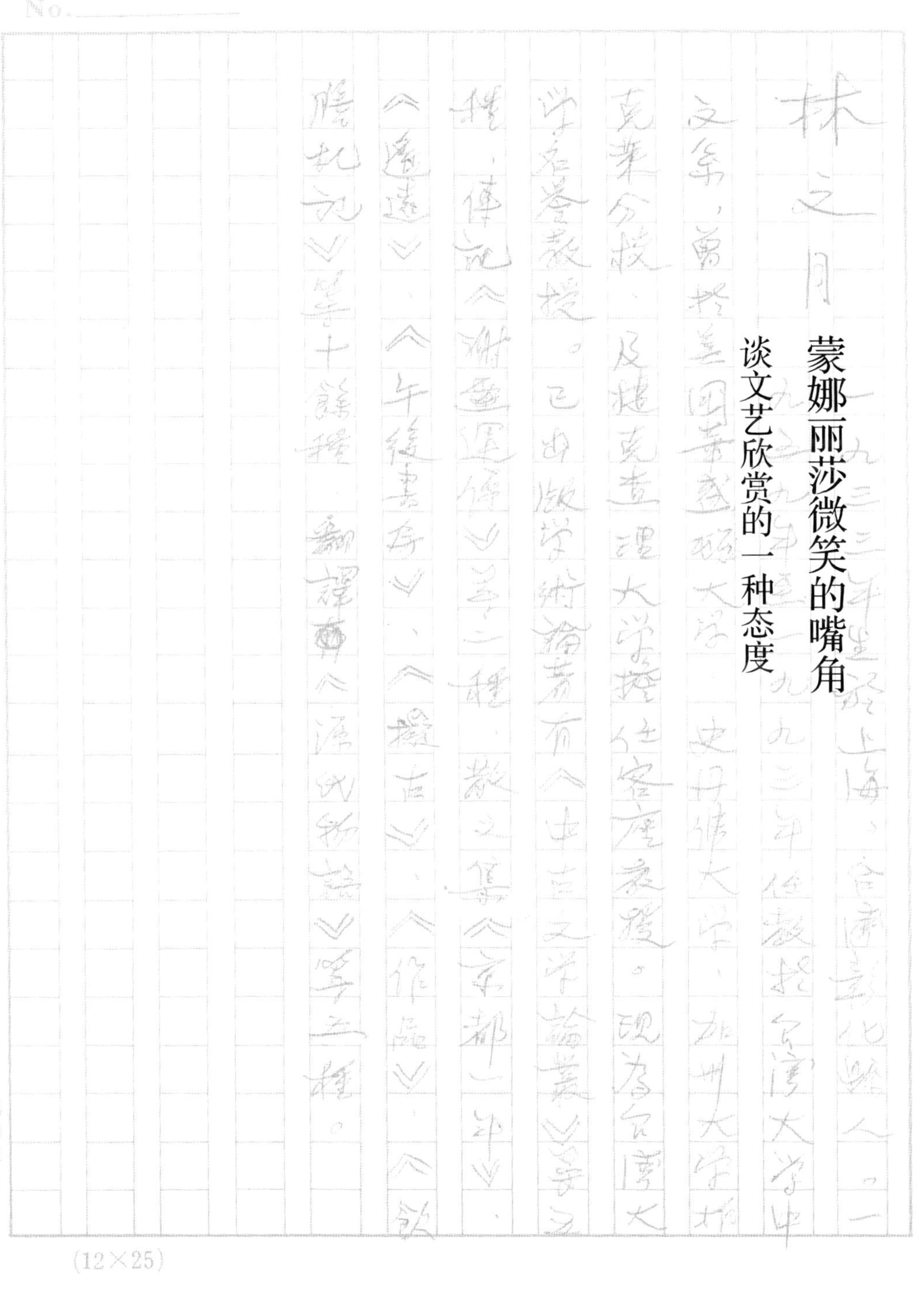

米勒田园主题的画作展出已接近尾声，这一天刚好女儿的金工展览也告一段落，便两人相约起早，决心要去参加这个世纪之美展的盛会。

车抵南海路的历史博物馆门前时，还不到十点钟，已然一片人海。我们故意选了一个非周日的平时，以为可以避开群众，没有想到这非周日的平时竟也有许多人怀着与我们同样的想法，而且比我们起得更早。八月初的台北，不到十点钟已经艳阳炙人。除了门口站着许多许多人，右侧沿着铁栏杆边的红砖人行道上又排列着一长排的队伍。男女老少大家都规规矩矩整整齐齐排成一列，打着伞戴着遮阳帽，没人喧哗吵闹，看来是相当有文化修养的人群。

我们走过去问队伍中洋伞下的妇人：“请问这是买票的队伍吗？”“买票在那边。”她指向左侧另一个比较短的队伍说，“这边是等着进展览会场的队伍。”她后面的人群至少有百余人。“你来了多久？”“哦，快一个钟头了呢。会场要控制人数，所以大家得排队。你们要先去那边排队买票，再来这边排队进场。”她好心地对我们解说。

买票的队伍比较短，大约十数人。但是，如果买票，加上等待进场，可能需要花费两小时，到中午都未必能进场看到画。烈日下排队两小时，进场又受到观览的时间限制，恐怕体力和精神都不适宜。我和女儿商量，最后只在临时搭盖的帐篷下的卖店里浏览一下，便回家了。

其实，《拾穗》和《晚祷》许多年以前欧洲旅行时曾经看过，只因当时参观美术馆是许多行色匆匆的景点之一，想借此次展览再度仔细欣赏，竟不得其门而入，未免感到遗憾。不过，我又忽然想起许多年以前读到的一则故事来了。

约是在二十年以前，日本东京的美术馆向巴黎罗浮宫美术馆借租到一些名画，包括了达·芬奇的名作《蒙娜丽莎》在内。这个消息轰动了全日本。展出期间万人空巷，全日本的人扶老携幼争相赏览。

美术馆为了怕太过拥挤而调度馆内的人数，不得不对持票入场的民众设限。至于《蒙娜丽莎》，更是众多人所久仰，即使未曾亲睹，也必然在各种画册或其他印刷品上见过；而关于其画的主题，乃至于画者的故事，则是数百年来一再传说，大家已经耳熟能详了。所以馆方早已警觉，对于《蒙娜丽莎》的欣赏时间便也特别设限；画前暂设绳索拦围，观者列队成排循序前进，不得停驻。每人观赏时间为二十秒钟，不可任意延缓。大概馆方为了维护观众的公平权益，恐有人霸占那幅名画前的特殊空间，故而不得不定下了那样的规矩的吧?

不过，那消息一经披露后，参观画展的人不免感到紧张。限时二十秒钟，未免太短促，但是碍于保持馆内人潮的流通，馆方自有规矩对策。而日本的百姓是很守规矩的，便也不得不退而求其次，想出了维护自我权益的一些对策。其中之一是携带放大镜入场。

关于《蒙娜丽莎》的传说，最著称的大概属画中妇人的微笑吧。“蒙娜丽莎的微笑”甚至成为后世约定俗成的一种说法。其间牵涉到美术史上的一些讨论和一般人纷纭的流言，遂加深了一层神秘的氛围。而那个谜一样神秘氛围的嘴角，大概也是众人观画时最感兴趣的吧；何况，而今千载难逢，名画当前！携带放大镜的心理，盖即缘此。

据说，排队两小时，观看名画二十秒钟的人，轮到自己循序前进时，莫不把握宝贵的时限，举起放大镜仔细端详那久闻素仰的微笑嘴角。他们近距离面对名画，借助于放大镜的特殊效果，把那有名的蒙娜丽莎的微笑看个清楚，而在警卫监督的催促之下，二十秒钟太匆匆，竟不及兼顾嘴角以外的部分，便随着移动的队伍而不觉地走出了画作的欣赏范围了。

事后，被问到："如何?《蒙娜丽莎》果真的那么好吗？"出乎意料的，回答往往是："哦，什么也没看清楚，除了斑剥的裂痕以外！"

我是在日本的报纸上读到这一则故事的。读来颇令人啼笑皆非。那内容或者有些夸大讽刺，但是并非全无道理。欣赏一幅画，本来应该是在自自然然的环境里从从容容的心态下，无所为而为，受画的内容和技巧感动才对。想象日本人民满怀期待苦候美术馆外，进场轮到名作当前又受围缆和时限，难免亢奋焦急，何自然从容之有？宜其二十秒钟观赏《蒙娜丽莎》，只看到微笑嘴角斑剥的裂痕了。

实则，欣赏一幅画应该是整体性的。即使"蒙娜丽莎的微笑"再神秘优美，也得配置在其整张面庞上、神态上，乃至于整个背景衬托而出的画面上，所以观画需要距离。所谓"距离"，是包括时间的从容和心灵的自在，更亦包括实际的空间距离。观画时，常常会近距离仔细端详画作的各部分，其后又退几步以便欣赏画作的全部。

书法欣赏的道理，也与观画相同。尤其是行书和草书，无论看字帖或览原作，都得于各个的单字以外，从整体全幅欣赏其神韵气势，才能掌握到美。

文学，何尝不然。

我想起从前教“陶谢诗”课的时候，对学生说过的一些话。陶渊明与谢灵运生存的时代相若，都经历了晋、宋两朝交替之世，而家世背景不同，文学风格有别，但是关于他们二人的诗句，后世却有特别标出一句而予以特别推崇赞颂的，比如陶渊明《饮酒诗》二十首之五的“悠然见南山”，及谢灵运《登池上楼》的“池塘生春草”。二诗的全貌如下：

结庐在人境，而无车马喧。问君何能尔？心远地自偏。
采菊东篱下，悠然见南山。山气日夕佳，飞鸟相与还。
此中有真意，欲辨已忘言。（陶渊明）

潜虬媚幽姿，飞鸿响远音。薄霄愧云浮，栖川怍渊沉。
进德智所拙，退耕力不任。徇禄反穷海，卧疴对空林。
衾枕昧节候，褰开暂窥临。倾耳聆波澜，举目眺岖嵚。
初景革绪风，新阳改故阴。池塘生春草，园柳变鸣禽。
祁祁伤豳歌，萋萋感楚吟。索居易永久，离群难处心。
持操岂独古？无闷征在今。（谢灵运）

渊明饮酒诗第六句“悠然见南山”，明代王会昌说：“诗有格，有韵。渊明‘悠然见南山’之句，格高也。”金代元好问《论诗绝句》三十首之二十九说：“池塘春草谢家春，万古千秋五字新。”二说都标出诗中的一句，颇有些类似蒙娜丽莎微笑的嘴角旨趣。其实，这两句诗句也应从两首诗整体去欣赏，才能显现其格高和新意。

先说“悠然见南山”。

此诗开始的四句，作者提出了住在车马喧嚣的人境，却能无闻于外界骚骚扰扰的不寻常现象；接着用自问自答的方式解答了其可能性：因为诗人的心境超远，入俗而超俗，故而常保心灵宁静，世俗的一切也就干扰不到。隐于农田人境的诗人，自有其“种豆南山下，草盛豆苗稀”（《归园田居》五首之三）的辛勤生活，但是同一个环境里，“采菊东篱下”，则是一种闲适的行为，南山的姿态适于此时映入诗人眼中，遂令内心有一种不可言喻的喜悦。

这便是东坡所谓：“本自采菊，无意望（‘见’一作‘望’，但以‘见’为佳）山，适举首而见之，故悠然忘情，趣闲而景远。”南山自有其美，但也正因为适当的时间、空间，复因诗人闲适的心境，三个条件奇妙配合，才有了那样的美感经验产生。日本汉学家吉川幸次郎在《陶渊明传》中说：“悠然，应是指见南山时的渊明的心态，同时也是被渊明看见的南山的神态。主客合一而不可分，这种浑然的状态，便是‘悠然见南山’。”吉川氏此说与王国维在《人间词话》举“采菊东篱下，悠然见南山”为“无我之境”，称“不知何者为我，何者为物”的说法正相吻合。

诗人当时所见到的南山如何？“山气日夕佳”，一个不假雕饰的“佳”字，最能显现浑然忘我的诗人于夕阳下所见到的山之美。而“飞鸟相与还”五字，以最平凡的笔写最寻常的农村景象，就如同米勒《晚祷》画中点点的飞鸟。不为五斗米折腰的陶渊明，每借鸟以自喻，譬如“鸟倦飞而知还”（《归去来辞》）、“久在樊笼里，复得返自然”（《归园田居》五首之一），而此处相与还的飞鸟则又与“众鸟欣有托，吾亦爱吾庐”（《读山海经》十三首之一）暗合，遂与首句的“结庐在人境”互应，呈现完美的一体感。隐居的田园生活虽然清苦，但精神上却自由自在——像鸟儿一般。眼前这一幅美景之中必然是寓涵着一种真理意趣的，然而当诗人试图去分析解释时，却浑然无待于言语了。“此中有真意，欲辨已忘言。”《庄子·外物篇》：“得意忘言。”诗人既然已得万物之理趣真意，又何待于言语糟粕呢？这种浑然忘言忘我的境界，正是“悠然见南山”物我两忘的境界。于是全篇前后呼应，融通圆满、浑然一体。因此，“悠然见南山”句，不宜自全篇抽离，其美，其格高，是要在整首诗的自自然然发展中见出的。

再说“池塘生春草”。

谢灵运晚生于陶渊明二十年，二人同样都经历了晋、宋易代的时局。渊明虽称晋大司马陶侃之后，但旁支末裔，家道已中落；灵运则出身当时“王、谢”两大贵族之一，为独子。叔曾祖谢安、祖父谢玄皆是晋之名臣，淝水之战破苻坚有功。到了灵运之时，朝代虽易，门第依然显赫。陶、谢二人家世背景不同，两个人的思想、个性有别，且文学风格也异趣。陶诗澹远自然，谢诗则华丽雕琢。

《登池上楼》是谢灵运三十九岁时所作。由于得罪执政当权者而出为永嘉郡守。永嘉近海，气候潮湿，诗人心绪郁闷而得病，历秋末冬初至春。久病初愈，登楼赋此诗。全篇二十二句，对仗工整，用典缜密。

前面六句引用《易经》“潜龙勿用”（乾卦）及“鸿渐于陆”（渐卦），提出“隐”与“仕”两种对立的处世态度，自我反省，而以“愧”及“怍”互文表示进退失据、内心彷徨的状态。这是谢灵运一生的遗憾，他恃才傲物，拙于处世待人。虽然陶渊明也说过自己“性刚才拙，与物多忤”（《与子俨等疏》），但他不喜官场逢迎便拂衣归里，能甘于南山下的耕耘生活；至于谢灵运则身在江海上心居魏阙下，向往自由无拘束的生活，又羡慕功名利禄的滋味。故而隐与仕、进与退，互相交战心中，导致矛盾苦闷。

“徇禄”以下四句，叙述前一年秋末得罪当权者而被贬为永嘉郡守。穷海之地既偏僻又潮湿，灵运心情悒郁，不久便生了一场大病而与衾枕为伍，长时间（从“空林”到后面的“春草”，可知当是秋末至初春之间）昧于节候的转移。待大病初愈，起床掀开帘幕，临窗窥望，于是，久违的外面世界忽在眼前。

那景物如何呢？诗人以他整齐对仗的笔法呈现了当时所闻所见：“倾耳聆波澜，举目眺岖嵚。”是他住所的远景。海虽在山外不得见，但波澜声可听，至于起伏的山峦，则眺望可视。原来，在自己卧病之间，节候已不觉之间改变了。诗人整整“卧疴”一个冬季，而今春天已到临，外面的近景竟是池塘周边绿草如茵，园中柳枝吐芽，有鸣鸟啁啾其间。春天，以如此清新的姿态呈现出来。春草之生非一日，鸣禽之变亦非一朝；但是对于贬居后缠绵病榻多时的诗人而言，却是新鲜感人的。“池塘生春草，园柳变鸣禽”二句便是贴切自然地表达了那种清新美感，所以特别动人。

谢灵运的诗于山水美景之后，绝大多数都会有触景生情、因情悟理的文脉可循。介乎东晋玄言诗与齐梁咏物诗之间，其山水诗传承了玄言诗所寓涵的哲理，也开启了咏物诗的写实。这一首《登池上楼》虽然不算是一般的山水诗，但山水对仗的工整句法，是其典型技巧；而“记游——写景——兴情——悟理”的结构，仍然具备着谢灵运山水诗的特质。

末尾六句承接远近、山水、视听、春草鸣禽等景物写实之句，转入兴情悟理之语，并且句句有所依据；先后用了《诗经》、《楚辞》、《礼记》、《庄子》、《易经》等典故，说出了诗人谪居穷海之地离群索居的孤寂，却又翻出自己亦能“遁世无闷”，不让古人专美于前的结论来。

“池塘生春草”句，虽与其下“园柳变鸣禽”句字字对应，但是较诸前后用典严谨的情形，着实显得清新自然得多，所以在全篇之中便有如国画中的“留白”，予人舒畅的美感。其佳妙处，固然是此五字组成的美，更是因为五字在整首诗中所占的位置，以及其对于全篇所带来的效用。元好问所谓“池塘春草谢家春，万古千秋五字新”指出其美好，但王若虚《滹南诗话》引李元膺语则称：“反复求之，终不见此句之佳。”恐怕都有“放大镜”效果之嫌。宋叶梦得《石林诗话》评道：“‘池塘生春草，园柳变鸣禽’世多不解此语为工，盖欲以奇求之耳。此语之工，正在无所用意，猝然与景相遇，备以成章。不假绳削，故非常情之所能到。”庶几近之。

这样看来，陶、谢诗风迥异，但后世认为二人的佳妙之句，皆是在他们浑然忘我猝与景相遇之际所得，其中必有道理。创作如此，其实欣赏亦如此。“悠然见南山”与“池塘生春草”二句的佳妙，不是从全篇中单独抽离而刻意解析可得，当是于其整体作品的脉搏起伏中自然感动所致。此与蒙娜丽莎微笑的嘴角不宜使用放大镜观察，而应当退后几步，在充分的距离外、从容的心灵下欣赏，是相同的道理。

原载《联合文学》二八八期，二〇〇八年十月

一九九〇年，林文月访斯坦佛大学，与家人合影由左至右分别为郭思蔚（子）、郭豫伦（夫）、林文月、郭思敏（女）。（林文月提供）

一九五三年于狮头山，庄灵拍的第一张照片。（庄灵摄影）

# 视灵七十

## 庄灵摄影展序

林文月

一九三三年生於上海，臺灣彰化縣人。一九五九年至一九九三年任教於臺灣大學中文系，曾任美國華盛頓大學、史丹佛大學、加州大學柏克萊分校、及捷克查理大學擔任客座教授。現為臺灣大學名譽教授。已出版學術論著有《中古文學論叢》等六種，傳記《謝靈運傳》等二種，散文集《京都一年》、《遙遠》、《午後書房》、《擬古》、《作品》、《飲膳札記》等十餘種，翻譯有《源氏物語》等五種。

微阴的暮春午后，在微暗的咖啡馆一隅，庄灵、夏生和我翻看着他们从关渡携来的四大本旧相簿。

摄影者庄灵叙述着一张张照片的由来。最前面那张原版和放大的照片，是他的第一张作品。一九五三年庄灵初中毕业时为同学拍摄的黑白照片，已然发黄，但清晰可辨。四个身着卡其布制服的男孩都理着平头，虽然姿态面容各异，却都是当时标准的中学生模样。拍摄者在相机镜头的后面，所以看不到。想必也是那样子的吧。

二十世纪五〇年代的中国台湾人民，生活简单朴素。中学生的模样从南到北都十分类似。庄灵所读的学校是台中一中，但表面看来，台中一中的学生和台北的建中、高雄的雄中都无啥分别；当然，在相同的制服之下，每个学生的个性和思想还是有所不同的。“这四位同学之中，有两个至今还保持着联系，有一个音讯不明，另一个已经作古多年了！”庄灵指着相片上的四位同学说，言语间显然有伤逝的感喟。幸亏还有照片留下来，我心里想着。

相簿里保留了一些庄灵年少时期生长的中部台湾北沟村。说得一口京片子的庄灵虽然是北平籍贯，但他出生于贵州，其后随双亲家人暂居过四川和南京，最后来到台湾。时局离乱，因缘际会，造成了许多东南西北之人。台湾成了庄灵的乡土，北沟有他最甜美的记忆。

他的父亲庄严先生毕生服务于故宫博物院，敬谨典守国家的宝物。抗日时期庄先生和一些忠于职守的故宫人员，护守着文物精华，辗转贵州和四川。国民政府南迁时，又从南京渡海护运宝藏来台湾。今日台北宏伟的故宫博物院尚未建造之前，那些国宝全都存放在气候比较干爽的台中县雾峰乡北沟村外的山边库房里。庄家和与国宝同时来台的故宫职员们，便也都与文物毗邻而居，住在库房附近。我想，那是以身、以生命庇护国宝文物的具体说明吧。

北沟那个朴质的乡下，就是如此成为少年庄灵的生长背景，直到他毕业后赴台北就业为止。庄灵在微暗的咖啡馆一隅摊放相簿，一一指认老式的方形黑白照片里的屋舍、田园和树草说："这是我的老家。""这是我们屋后的园子。""看，屋子很简陋，家具也平凡。隔间甚至都没有门，只是垂着布幔权充区隔而已。"我想象，他和他的三位兄长，便是在那样简单的老家幸福成长的。

北沟那个中部的乡村，那个山边的存放过故宫宝物的临时库房，我去过一次，并且有幸近距离目睹过那些宝物。那是一九五六年的春季。那一届的台大中文系学生只有十几个，而我们班的毕业旅行，是由系主任台静农先生带领去参观北沟的故宫库房，以及附近的日月潭等地。事实上，除了北沟以外的景点，是由我们同学带领台先生去游览，而借由台先生和庄严先生从早年在大陆相识同窗到先后渡海来台的深厚友谊，我们才得以在毕业旅行的途中安排了北沟。至今，我仍清楚记得趁着故宫文物的定期晒晾检视期间，我们乘坐各种交通工具，辗转抵达北沟时，庄先生和他的几位同事在门口热烈欢迎的情形。我也记得那简单的库房，正是庄灵指给我看的那几栋朴实的房子。不过，朴实的房子里却展列着无价的历史文物。最难忘长方形木桌上只覆盖着白布，而毛公鼎就端放其上，没有设置玻璃罩，也没有绳索限制参观者与宝物的距离。小心翼翼端详伸手可及的宝物，当时衷情感动的情形，我是一辈子也不会忘记的。

至于庄灵所指的“老家”，我们有没有进去过？已在我记忆之外了。当时的庄灵大概还没有上大学，后来，反倒是先认识了他的两位兄长庄因和庄喆，人生的因缘岂不美妙！

认识庄灵，是他已然大学毕业成为一位优秀摄影记者以后了。在出国的机会不多、信息贫乏的二十世纪六〇年代，我与全台湾的人民一样，往往每天依时守着一方小小的荧光幕，许多的新闻便是伴同语言的说明，通过那些影像掌握到，例如在世界各地举行的运动竞赛、外国的政事、本国对外的要务及文化活动，乃至于附带而介绍的一些异国情调风光等等。其实，我是后来才听台先生说，那一位提着电视摄影机跑遍五大洲的记者便是庄先生的少子，庄因和庄喆的弟弟。

有一回，台先生出示了庄灵为他和庄老先生拍摄的一张放大的黑白影像。背景是我熟悉的“龙坡丈室”。那个日式书房，是许多台大的同学最喜欢去拜访老师的地方。照片里的台先生坐在书桌后的藤椅里，嘴上还叼着一支烟斗，烟雾袅袅，正聚精会神握笔写梅。旁边立着他的诗酒艺术老友庄先生，亦正专注地看着桌上伸展开来的宣纸和运转的笔势；一手轻叉着腰，另一手的指间，夹着点燃的纸烟。那一张色调稍深且偏暗的相片里，两位老人都穿着旧软服贴的深色长袍——极其自然，极其丰富。不论认识或不认识两位老人的观者，都会深受感动。无须一字解说，照片本身已说明一切。

在相簿里，我又看到那一张照片，以及其他近代文艺界人士的肖像。我想，有时候直接诉诸视觉的效果，或者较之迂回叙述的文字更具有震撼性的吧。人物如此，静物如此，草木、山水、自然，莫不皆然。我曾经为一份刊物写过几句话：我用文字记录生活，事过境迁，重读那些文字，惊觉如果没有文字，我的生活几乎是空白的。我想，对于庄灵而言，摄影大概也记录了生活，更可能丰富了生活吧。

七十，从心所欲不踰矩。庄灵回首他的摄影生涯而展示他的“灵视七十”，观者我们则借由一张张的作品，得以“视灵七十”。

原载《联合报·联合副刊》，二〇〇八年七月三十日

---

编注：“灵视七十：庄灵摄影回顾展”，二〇〇八年七月三十日至八月三十一日于台北中山纪念馆中山画廊展出。

在台北温州街，庄严（左）看台静农（右）挥毫。(庄灵摄影)

白荷，65×55厘米。（孙家勤绘画）

# 美好的记忆

## 为孙家勤八十回顾展书

No.

林文月

一九三三年生於上海，台灣彰化縣人。一九五九年至一九九三年任教於台灣大學中文系，曾於美國普林斯頓大學、史丹佛大學、加州大學柏克萊分校、及捷克查理大學擔任客座教授。現為台灣大學名譽教授。已出版學術論著有《中古文學論叢》等三種、傳記《謝靈運傳》等二種、散文集《京都一年》、《遙遠》、《午後書房》、《擬古》、《作品》、《飲膳札記》等十餘種、翻譯有《源氏物語》等五種。

(12×25)

上一回和孙家勤见面时，他递给我一叠资料，对我说："林文月，我明年春间要开'八十回顾展'，同时也将出一本画集子。你给我写点儿文字。"

那语气间仿佛是不由分说的，也是很自然的。我自忖：过了十二月中旬的学术会议，过了年总会有一些时间写文章吧。遂接过那一袋资料，算是答应下来了。过不到数月，这一回再见到孙家勤时，他却说道："林文月，你得赶一赶了。画展提前了，集子也得要配合时间提前才行。"似乎没有什么商量的余地，同时也没什么不自然的样子。没有拒绝，大概也算是同意了。

在台湾，观察人际关系，辨别称呼是一种方法。大凡年少时在同一个学校读过书的人，无论年纪再大，各人日后的发展如何，公私场合里见面，总还是改不了昔日连名带姓直呼的习惯。家勤从前读师范学院（后改称师范大学）艺术系，我读的是台湾大学中文系。既非同班，亦非同校（但他是郭豫伦的同学，同属一九五五年毕业）。那个年代，尚未举办大专联考，各校各自考试，多数学生为了保险起见，往往会报名投考两所，甚至三所学校。我从小喜爱文字和绘画，所以报考台大中文系和师院艺术系。考师院艺术、音乐与体育三系，除了一般的学科之外，又需加考术科。艺术系的术科分三种：素描、水彩及国画。素描和水彩，我在中学时都曾经习得，比较有把握；但国画却未曾接触过。当时，豫伦和家勤已经是艺术系二年级的学生，他们都是只身从大陆渡海来台的年轻人。家勤由天津经香港来到台北，豫伦则来自上海。师院是培养中学师资的学校，故学费全免，且提供食宿，每月又得领公费（当时为七十四元台币，约等于1.5美金）。寒暑假时，本省籍学生都返乡度假，单身在台的外省学生虽有宿舍可居，但无家可归亦无亲人可聚，便继续留在宿舍里，也继续用功读书。相同的境遇往往促使彼此间更亲密的友谊，郭豫伦和孙家勤情同手足的友谊即因于此。

虽然艺术系是培养高中美术教师的环境，每一个学生都得接受国画、书法、篆刻、油画、水彩、用器画等全面性的课程训练，但每一个学生往往各有偏好。豫伦喜爱西画，尤其对新兴于西欧的抽象画渐感兴趣；家勤未来台的年少时，已在北京辅仁大学美术系跟从名师学习过书法、花鸟，所以仍倾心于国画。

我在高三暑期的每个周末到艺术系的教室，跟着豫伦和他的同学们画炭笔石膏像，几乎把他们教室里的各种石膏像都画遍了，水彩画也一再勤加练习；唯独国画没有经验，十分焦虑。豫伦便向他的同学孙家勤央请，代为恶补，给我讲解和示范。不记得那天下午考国画时，是家勤还是我自己在掌心里勾勒了一个山水画的构图提醒要点，总算应付过去了。发榜结果，中文系和艺术系都录取，我选读了台大，以为艺术可以作为一生的业余嗜好。

在读台大的日子里，只要假期得空，我仍会去艺术系的教室里陪豫伦习画，偶尔也充当模特儿，供他的同学们画素描或油画。在那样的环境中我们感情自然增进，也自然认识了彼此的朋友，而增加相互间的了解。我在读中文研究所的最后一年，与豫伦结婚，算是同侪中最早成家的一对。我们住在罗斯福路位于台大与师大中间的一个巷弄小屋里，没有长辈同住，儿女尚未诞生的头几年中，生活自由无拘束，交往的朋友尽是两个人的同学知己。由于地理上近两校，我们的家遂自自然然成为单身同学，甚至同学伴同男女朋友最喜欢过访聚叙的地方了。

那个时代的台湾，经济尚未起飞，物质生活并不丰裕，电视机也还没有出现，可供娱乐的场所有限。我们那一伙刚踏出大学之门的年轻人，看一场电影算是大事情，聊天抬杠倒是常有的乐事。豫伦的朋友包括师大艺术系和音乐系的同学，我的朋友则除台大中文系，也另有外文系的人。起初是三三两两分别来访，随便漫谈一些文学艺术的话题；其后，有人提议何不大家约定一个时间集中畅谈呢？便选择隔周的礼拜五晚饭之后，有空的人就到我们的家聚叙。

我们那个“礼拜五会”谈些什么呢？其实，也没有什么特别严肃的主题。当时的大环境，言论自由及开放度不及今日，而且也缺乏多样的媒体报道，我们不怎么谈政治问题，更不习惯讲各人个别的是是非非。尽管毕业之后，大部分人留在学校教书，也有一些人去相关机构任职，但大家共同的兴趣与关注，总围绕着文学艺术。豫伦的同学比我的同学多，所以仿佛谈论绘画的机会总是多一些。但是，一个问题被提出来了，或者触及到了，每个人的立场和角度有别，便会有种种的意见出现，互相讨论、辩驳，有时竟也争论到面红脖子粗，不到午夜不罢休，而星空下，在窄巷里互道：“下下礼拜五再见。”也总是依依。于今回忆，那种青春热烈的清谈，真是令人怀念。那是一九五六年至一九五七年前后的事情。

其实，当时并没有人称呼那样的聚叙为“礼拜五会”。大家也没有刻意标榜什么座谈。一切只是自自然然地形成，有时人多些，有时人少些。谈过抽象画，也谈过存在主义，以及其他。恐难免是一知半解的，然而却是非常认真且率性。彼此间有话便说；不说话，只是听别人谈论，似乎也有某种收益和满足感。那样的清谈大约持续了一年，也或许短一些，还是长一些？是属于自自然然的星散。有人结婚了，有人迁移了，或出国留学去了，而豫伦和我的小家庭则增添了一双儿女；每个人都有了不同于学生时代的生活方式。

孙家勤是“礼拜五会”的一员。他毕业后留艺术系任助教。从学校到我家，走过龙泉街、蒲城街的小巷道，很快就到了。所以印象中他几乎每一次都来参加，而且以他随和开朗的个性，每一次都谈论得兴高采烈。在诸多偏好西画的朋友当中，唯独他是专攻国画，而且擅长工笔人物画，所以同样是绘画的构图、技巧等等问题，他的意见和别的人并不一样，争论、抬杠终难免，但是从未也丝毫不伤感情。有时，我在一旁看得有些担心，家勤总是说：“没事儿，没事儿。吵得可高兴呢！”他生得大眼滚圆，牙齿参差，一口纯正的京片子，又爱说笑，常常给人喜趣的印象。实则大家庭出身的孙家勤，在富裕而严格的环境里成长，对于人际关系进退礼仪，自有他根深柢固的修养，且凡事考虑周详。他和郭豫伦几乎无话不谈，往往以遇事的过程或处理的方式商量。一次，家勤把经过仔细分析的某事及拟备的应对态度与豫伦相谈。豫伦表示未能苟同，家勤亦有所不服，两人竟然争执起来。后来，豫伦说道：“你这人真是执迷不悟，‘大愚若智’嘛！”想不到好友快人快语有如当头棒喝。“这话讲得好，太好了。”家勤不但不以为意，而且从此常挂嘴边的一句话是："我这人就是'大愚若智'，郭豫伦说的。"日后，还把这四个字刻制成印。多年后，我曾在历史博物馆的展览会中看到。

其实，智者若愚，愚者若智，而知其愚者非大愚。我认识的朋友里，聪明的人很多，卖弄小聪明的人也不少，孙家勤是少数勤勤恳恳始终如一的人。他从大学三年级时便与助教胡念祖先生、常去艺术系旁听的军人喻仲林先生合资在丽水街租下一个屋子，作为共同的画室。在相当宽敞的屋里，除了大门的一面，三张大桌子斜放着各据一隅。专攻山水的胡先生、擅长花鸟的老喻和家勤三人各画各的，时则又交谈，甚至开开玩笑。那个屋子位于今日师大图书馆的后边，靠近一条小河，小河的名字是丽水，那画室便称为"丽水精舍"。

"丽水精舍"是三位志同道合的画家工作教学的地方。我自己也一度曾经师事孙家勤，学过工笔仕女画。临摹过他的画稿，习得一些发丝渲染、衣褶花纹以及背景配置等等的技巧要领。终因为教书和家务繁忙，大约仅只一年而作罢，是一个没有恒心的学生。不过，由于"丽水精舍"在从我家步行可及的距离，而且那个画室门虽常设而常开，豫伦和我时不时于晚饭后出去走访三位画家，反而成为"礼拜五会"散去以后的聚叙之处。夏夜幽幽，有时会在那里不期然遇见也是从温州街信步过访的我的老师台静农先生；说不定还伴同着从外双溪来会的故宫副院长庄慕陵先生。从此桌的花鸟画看起，转到那桌的山水画，又流连人物画的另一桌，终将画笔搁下，收拾砚台。而总管画室事务的友人小郑（万田）早已机智地跑去附近买几瓶酒和花生之类小吃。于是，拉几把椅子到比较敞净的一个桌边，围坐"喝花酒"（台先生名言，喝酒吃花生之谓）起来。两位师长学识渊博，又身经近世丧乱，他们随便开口启齿便是历史和典故。至于一旁聆听的我们所体会的意外惊喜和满足幸福的感觉，则又别于“礼拜五会”的气氛了。

台先生主持台大中文系的系务长达二十年，广受学生们敬爱。他不唯长于国学，早年且以小说著称，又兼擅书画，和庄先生、张大千先生是至交。便是这样的因缘际会，一九六四年，当时已移居巴西八德园、大风堂的大千先生委请台先生和另外一位友人张目寒先生，代为征选青年有为的画家为助理绘事的弟子，孙家勤以他的才气和勤勉，获得了荐举。

大风堂收弟子是依古礼的。大千先生在海外，遂委请台静农先生和张目寒先生代为主持仪式。家勤恭谨备妥酒席和香案，向两位长辈跪拜磕头，才正式完成了入门弟子之礼。他之前曾经在艺术系受教于系主任黄君璧先生和溥心畬先生，又将亲炙于张大千先生，而黄、溥、张三位大师称为“渡海三大家”，可想他的心情是兴奋的。但在南半球拉丁美洲的巴西距离中国台湾太遥远，喜欢朋友也喜欢热闹的孙家勤，对于要从住惯了的中国台湾连根拔起，再度漂洋过海只身赴异乡，未免有一分不安和寂寞。临行，我们为他举办了惜别欢送会。家勤举杯对大家说：“要来看我啊！”当年台湾的旅游环境大不如今日，大概没有人把他那句话当真。

然而，不太可能的事情竟发生了。

后来搁置画笔经商的郭豫伦，在政府鼓励拓展经济西进的计划下得到参与南美洲贸易巡回展览的旅行机会，为时一个月，恰巧值暑假的空档，我便以秘书名义随行。那展览旅行从南美洲的西岸开始，经历哥伦比亚、秘鲁、阿根廷、乌拉圭、巴拉圭、巴西，而终止于委内瑞拉。每一个国家停留数日，至少三天，除了和当局的领事及侨界见面，摆出台湾产品展览推销，总有一两天游览当地名胜古迹的机会。那种半公半私的旅行，在三十多年前是十分难得的事情，至于豫伦和我则又有与久别的老朋友会见的喜悦。我们事先有无数的信件、电话联络，和孙家勤相约，在圣保罗的展览结束后，与他和他新婚的赵荣耐会面。

荣耐和家勤大概有前世盟誓，他们都是山东人，而且都来自中国台湾。若非拜师张大千先生，他可能像许多外省人终老于中国台湾。专攻护理的荣耐则是先赴非洲，再绕过半个地球来到巴西成为孙家勤夫人。身材高、性情开朗爽直的赵荣耐看见远道顺访的我们，初见面便将我热烈拥抱，并且双眼泛着泪光说："你们可是终于来了！家勤跟我讲过你们的事情无数遍。关于你们和你们跟家勤的事情，我全都知道。"那时候，从台湾赴巴西固然不容易，一旦在巴西住下来要回台湾也非易事。他们两个人见着豫伦和我，如同与亲人相会，讲不完的话真不知从何谈起也不知说到哪里。

八德园在圣保罗市七十公里外的摩诘市郊区。张大千先生耗费巨资在九公顷的土地营建了中国式的庭园。不过，他自己居住了十七年之后，当时已迁移于美国加州。我们在园中走着，一同欣赏着当前宛若国画里的白砂苍松、湖亭天鹅，以及大师埋葬旧笔的"笔冢"等等景物。家勤夫妇轮流着、争说着为我们讲解种种。在匆匆两天的聚散中，我们得悉，孙家勤在巴西成家，生活安定，并且朝夕浸润于艺术气氛中，从老师的言教身教得到更长足的进展。至于他的勤恳与表现，也得到老师的嘉许肯定，大千先生曾经在他的画作题署"晚得此生，吾门当大"。

走笔至此，回看前文，竟已絮聒写了数千字；而八德园相会后又过了三十年。人生何其悠悠。不，是我们认识太久，有太多共同的记忆。那些美好的、感动我们的记忆，想忘也忘不了，所以提笔记述，一不小心都变成了絮聒。

三十年间发生了什么事？孙家勤和他的家人搬回中国台湾，他并没有继续留在巴西。他仍然在学校和自己的画室教授绘画，一如往昔那样认真。也勤恳创作，境界更开阔，技艺更纯熟；即将举行大规模的回顾展，并且出版一本丰硕的画集。

时光似悠悠实匆匆。

三十年间又发生了一些其他事情。可敬可爱的长辈们先后离我们而去，家勤的老师和我的老师都已作古。连郭豫伦都先走一步了。豫伦是家勤的至交好友老同学，老同学出画集，理当由他来写点儿文字的，但如今这工作由我来代理。

如果是由豫伦执笔写序文会是怎么个样子呢？恐怕终究也难免于叨叨蹬蹬不可收拾吧。因为天涯海角，我们共同拥有的美好记忆太多了。

二〇〇九年元月九日灯下，林文月　加州下午六时

原载台湾历史博物馆出版《孙家勤画集》，二〇〇九年二月一日

---

编注：“耋年新猷：孙家勤画展”，二〇〇九年二月六日至三月八日于台湾历史博物馆展出。

黄山后澥，120×60厘米。（孙家勤绘画）

一九七〇年，林文月在京都旅邸。（林文月提供）

# 《拟古》学术研究与文学创作之结合

No.

林文月

一九三三年生於上海，台灣彰化縣人。一九五九年至一九九三年任教於台灣大學中文系，曾於美國華盛頓大學、史丹佛大學、加州大學柏克萊分校、及捷克查理大學擔任客座教授。現為台灣大學名譽教授。已出版學術論著有《中古文學論叢》等三種，傳記《謝靈運傳》等二種，散文集《京都一年》、《遙遠》、《午後書房》、《擬古》、《作品》、《飲膳札記》等十餘種，翻譯有《源氏物語》等五種。

(12×25)

真善美

今天回到我的母校、母系来，对着我的学生和学生的学生，也是我的学弟、学妹们讲话，令我想起很多年以前自己做学生听我的师长们教学演讲的情形，有一种十分温馨的感觉。校舍、教室、窗外的草树和师生们上课的情形似乎都没有什么变化；然而，彷佛也有一些变化。我再回到校园里来，感觉到的最大的变化，其实是课程内容，或者可以说是学术研究的方向的一些改变吧。

我读台大的时代是一九五二年到一九五九年（包括大学部和研究所硕士班）。那个时代，台大中文系，甚至师大国文系的课程（当时全台湾只有这两所大学，师大尚称省立师范学院，其他另有淡江英专，即今之淡江大学），都有文学、文字学、声韵学和考据学方面的安排，但是所有的内容都是清代以前的，即使文学的课程也如此，不提现代白话文学了，就连《红楼梦》或《儒林外史》都没有。我们只在上大一国文时，每学期交四篇作文，大二之后，在“历代文选”作两三篇文章，其后便在各人选修的课堂上，依讲课教授的规定，写一些论文而已。不过，那时候的大四学生，是必须要完成一本学士论文，才能毕业，取得学士学位的。换言之，系里似乎有一种共识，即中文系的正统是学术研究，而且是做古典的学术研究；文学创作是不被鼓励的。不但不被鼓励，而且仿佛是不被认可的。

我个人从中学时代就喜欢文学创作，但上了台大中文系后，受到学风影响，努力用功，以学术研究为职志。偶尔写一些散文创作，也曾在报章杂志上偷偷发表过，但是一次用一个笔名，所以别人并不察知，而日久之后，连自己都忘记了。那时候，只觉得学术论文才是光明可为之事，文学创作则是个人嗜好，上不得台面的。所以当年外文系夏济安先生创办《文学杂志》时，中文系的师生也撰文支持，那时候已进入中文研究所的我便跟着发表了几篇文章，都是学术性的。其后，我留校任教，教学、研究，改学生的作业，又结婚育儿，十分忙碌，更没有时间写作了。

我重拾散文创作之笔，是在一九六九年被台湾科技事务主管机构遴选到日本京都大学人文科学研究所做一年研究之时。临行之际，《纯文学》杂志的主持人林海音女士向我邀稿说："写点儿关于京都的文章吧。"那时候，台湾的经济尚未富裕，国人出外旅行的机会并不普遍，况且，我突然离开了教书工作和家务琐事，白天在"人文"的图书馆内看书查资料，写我的正业——中日比较文学研究的论文，晚上回到异乡独居的房间里颇为寂寞，遂决心真的为《纯文学》每月撰写一篇有关京都的文章。那便是我的第一本散文集《京都一年》[1]产生的缘由。我在京都住的时间，其实只有九个多月，但每月一篇文章，加回来后补写的几篇，倒也有了十四篇，足够出版一本小册子。内容都是围绕着京都与人文相关的主题，写作的笔调是比较轻松的，但是写作的态度却相当认真。去年夏天由三民书局重排出新版，我在校对的时候，看到自己当年一本正经写作散文，许多篇文章还加上引经据典查过书籍的注解，不禁莞尔，那是我作为一个学院出身的人写作论文的一种习性难改所留下的痕迹吧。

《京都一年》是我从学术论文的书写方式过渡到文学创作的一本书，看得出有相当程度的严肃负责特质。其后，我逐渐觉悟到文学的创作应该走出学术论文的模式，而另寻艺术安排。这包括一篇文章的内容，即感情思想的表达，及其表达的方式。学术论文贵在扎实的内容，而其内容则有赖正确清晰的文字表达，所以文字要顺畅明白，不宜过分宛转迂回。至于文学创作，虽然也在传达作者的感情思想，但有时不必要完完全全说明白，甚至也可以只露一端而幽晦其余，故意留下想象的空间，而且文章的结构也没有一定的规范，端赖内容与形式的巧妙配合。如果要在我自己的作品里举一例，也许《遥远》[2]便是。那篇文章是写一次赴香港中文大学开会演讲，在繁忙的日程当中忽然空出来的一个下午，我在招待所的阳台上坐对苍海远山，心中有一种感思冉冉升起。那种感思有些朦胧，有些飘忽，连自己都道不出；不，也许是道得出的，如果我是想去写一篇学术论文，试图分析某一个作家的心理状况的话，也许是可以去追究，至少可以追究出一个想当然耳的道理来。但在写那篇散文的时候，我回想当时有些朦胧有些飘忽的意境，觉得那种感觉很微妙，便不想去追究分析其由来，而写成了有些朦胧飘忽的样子了。这与写《京都一年》时，详细记述，复加注解的做法是颇不相同的。不过，面对论文的书写时，我还是自我惕厉，谨守着严肃负责的规范。不但自己谨守规范，我也时常叮咛学生们书写学术论文的基本态度。有些学生的论文写得十分花哨好看，我会劝他们："把这一份文采留在创作的时候吧。"大体说来，学术论文的撰写宜重理，而较须收敛辞采，这也就是《文心雕龙 · 论说》所谓"义贵圆通，辞忌枝碎”；至于文学创作，虽重情采，但是如果没有坚实的内容，徒有过多的辞藻，并不足取。《文心雕龙·风骨》所谓“瘠义肥辞，繁杂失统”，当是一切文类所应忌讳的。

赴京都的一年，改变了我原先比较单纯的生活形态。除了教学研究，我不但开始写一些散文创作，并且因缘际会，自一九七二年起，在《中外文学》杂志上每月刊登日本古典文学作品的翻译。学术论文、散文创作和文学翻译，手执三种文笔，成为我精神的寄托，令我非常忙碌，但也十分愉快。我时常被问及：“你这样子，会不会有什么影响？”不会。因为在写作每一种文体时，我守着那种文体的特质，学术论文和散文创作，已如上所述；至于文学翻译，最重要的是首先细读原著，不仅要了解其义，而且要体会其味，然后妥帖地转移出来。说是不会受到影响，其实，大概也会有些影响的吧。最明显的现象，是因为心有所旁骛，所以每一种的书写都少了。至于我的散文作品，则时常被问到：“你的写作，受到六朝文学的影响吗？”或者也有人径自认为我的笔调有日本文学的影响。这些倒是我自己始料未及的事情。我想一个人一直在读书，一直在读各种各样古今中外的书，写作的时候总难免受到一些所谓“影响”的吧。不过，大部分都应该是无意间受到的影响。只是，类似的问题听多了之后，倒是引起我想到，是否可以“有意”地去接受某个人或某种作品的“影响”呢？这就是我撰写“拟古”系列的散文，后来也出版了《拟古》（洪范书店，一九九三年六月）的缘由。

“拟古”这个词，读中文系的人都知道，是文学史上一种模拟古人笔意的写作风气。例如《淮南子》沿袭老、庄、诸子；东方朔《答客难》、班固《答宾戏》等，属同一模型；阮籍《大人先生传》、陶渊明《五柳先生传》亦沿同一轨迹，而潘岳《寡妇赋》序谓："昔阮瑀既没，魏文悼之，并命知旧作寡妇之赋。余遂拟之，以叙其孤寡之心也。"这样的情形在唐宋以后往往也有例子。至于在诗体方面，则晋代以后的陆机、陶渊明、鲍照、江淹等人，各有"拟古诗"（"拟"，或作"效"、"仿"、"学"、"代"）。所谓"拟古"，即模拟古人的作品，是学习写诗文的一种方法，就如同习字的人大部分都会从临古代名家的字帖开始。不过，古人拟古诗有时写得十分逼真，甚至于乱了真，也是难免的。举一个例子：江淹《杂体诗三十首》，其中的《拟陶征君潜田居》一首，因为太像陶潜的诗，所以掺入陶潜诗集中，而苏东坡和陶诗，竟也据以和之。

然而先人"拟古"，是否只是为了学习作诗属文之目的？我对于"拟古"这个问题发生兴趣，其实是从学术研究的立场开始的。大约在一九八八年，我取陆机的《拟古诗》十二首为研究对象，逐一比对其所拟的对象《古诗十九首》，而得到两个结论：其一，是否定了陆机的《拟古诗》纯为模拟古诗之作。[3]其《拟古诗》虽在内容与形式方面大部分沿袭着所拟的古诗对象，然而，究竟多了太康诗特有的精巧、工整、矜持之风，与汉诗纯真、率性、朴质之趣，同中有异。可以看出陆机个人的写作风格，以及其时代文风的因素，因而此组诗除了摹拟古人作品，另具有游戏性，甚至于（与古人）竞争性的意图。其二，是否定陆机的《拟古诗》是在他二十九岁入洛以前较年少时期作品之说。[4]持此少作论者，以拟古诸作相较于其中年后之作，"辞义质直，情旨平弱。即有哀感，哀而不伤"，遂谓"不类壮岁以后饱经人事之作"。[5]"拟古"本来就是演绎古诗的一种受限制的写作方式，究竟有别于完全自由的创作，而即使在此限制之下，仍可以看到陆机借古以自喻的痕迹。

现在姑举《古诗十九首》和陆机的《拟古诗》各一首，以便比对：

行行重行行，与君生别离。相去万余里，各在天一涯。
道路阻且长，会面安可知。胡马依北风，越鸟巢南枝。
相去日已远，衣带日已缓。浮云蔽白日，游子不顾返。
思君令人老，岁月忽已晚。弃捐勿复道，努力加餐饭。

——《古诗十九首》

悠悠行迈远，戚戚忧思深。此思亦何思，思君徽与音。
音徽日夜离，缅邈若飞沉。王鲔怀河岫，晨风思北林。
游子眇天末，还期不可寻。惊飙褰反信，归云难寄音。
伫立想万里，沉忧萃我心。揽衣有余带，循形不盈衿。
去去遗情累，安处抚清琴。

——陆机《拟古诗》

一个人在创作的时候，有意无意间，或多或少都会受到自己所读过的文学作品的影响。陆机在那篇阐述文学理念的巨构《文赋》中提到："伫中区以玄览，颐情志于典坟。"此二句涉及创作的基本来源和准备功夫，即作者对其所处的时空环境的深刻观察，以及其所须备的人文修养。《文赋》中所谓"典坟"，虽然是指一般古典而言，但对太康时代的陆机而言，《古诗十九首》无疑是最重要的典范，古今文士对其一致推崇，[6]而他在已具个人写作风格的中年之后选择作为模拟的对象，以为自我挑战，或者与古人竞争之用，是可以理解的。我把将陆机的《拟古诗》与《古诗十九首》的相关部分比对的结果，写出了一篇论文《陆机的拟古诗》。[7]

写完那篇《陆机的拟古诗》论文之后，我想到是否可以在现代白话散文的写作上也运用“拟古”的方法创作呢？这便是我自一九八七年至一九九三年间所写“拟古”系列散文产生的原因。陆机为西晋太康人，他取东汉诗人的《古诗十九首》为其模拟的对象，但是我生于陆后千六百余年，[8]故可以模拟的古人比他多了许多，而且我自己所赏读过的文学作品，除了中文以外，又有英文及日文，因此所可以模拟的范围也应当更为广阔，既有这个自定的规矩后，我便在“拟古”的散文创作时有所依凭了。不过，这并不表示从一九八七年以后我所写的散文都是“拟古”，而且并非为了拟古而“拟古”。文章之产生，贵在自然，必得衷情有所感动，才能形诸文字。有些感动可以模拟古人之文，有些感动却未必适合模拟；而且，哪一种内容适合模拟哪一种古人之作呢？都是需要事先考虑周详的。这样说，或嫌太抽象，不如让我举几个实例来说明吧。

《香港八日草》是我的第一篇拟古之作。一九八七年，我赴香港接受当地翻译学会颁赠荣誉会士衔。滞留香港仅八日，但是短暂停留期间所会见的故知新友颇多，见闻和感思亦不少，若其撰成一文恐太繁芜，分别记述又嫌单薄，而那时候我刚译完日本十一世纪初平安时代女作家清少纳言的随笔文学《枕草子》。《枕草子》的书写形式受唐代李商隐《杂纂》的影响，呈现可长可短、宜繁宜简、自由自在、无拘无束的“类聚式章段”及“日记式章段”笔法，正可供我写作香港八日所体会的种种遭遇和感思。在那一篇稍长的文章里，我记述了

《柏立基学院》、《从三十一室的窗望出去》、《聒噪者》、《沉默者》、《润子》、《晨起，微微有雨》等等十段风景、人物、观感或片段的经验。这些前后互不相联的章段，一般的散文是无法兼容成篇的，然而这种前后互不关联、各自并存的结构（也可以说是没有结构的结构），正是《枕草子》的形式特色，遂成为我书写十段短文为一篇的绝佳依据了。这篇文章的题目是《香港八日草——拟〈枕草子〉》。我特别附上子题，说明此文所据以模拟的由来，并且题目中也采用了《枕草子》的“草”字。[9]

写《香港八日草》这篇文章时，我正翻译着《枕草子》。[10]清少纳言的笔调和她那种可长可短自由自在的写作方式，正是我想要表达的，所以给了我很大的鼓励，使我的翻译和创作产生了巧妙的结合。不过，并非所有近似章段短制的随笔散文都得依《枕草子》的方式不可。我另有一组集合短文的《散文六则》。第一篇《共赏与独赏》，内容写的是读苏轼《东坡志林》中一篇八十三字短文《记承天寺夜游》所受到的感动，把那篇短文与谢灵运诗《石门岩上宿》中所透露两人的孤独感作比较。《东坡志林》的形式也是长短自在的随笔集，内容包含了《记游松江》、《游沙湖》、《记梦》、《临皋闲题》等等不同的主题，看似随兴，却颇有韵味。遂取为我《共赏与独赏》以外《记黄石公园枯林》、《记台府夜赏花》、《记台先生的梦》、《郑先生谈鬼》及《旧宅的四季桂》等短制随笔的模拟对象。那六篇短文的组合便定题为《散文六则——拟〈东坡志林〉》。那是因为在内容和趣味上，与《枕草子》相比较，毋宁是更为接近《东坡志林》的缘故。

我读台大中文研究所的时代，系里礼聘了曾驻任印度大使馆的退休外交官糜文开先生，他开了一门非常特别的课程——“印度文学选读”，使我们中文系的学生得以窥见中国文学以外的世界文学。[11]糜先生自己曾经翻译过很多重要的印度文学名著。他带领我们认识了优美雅致而饶富异国情调的印度文学。虽然我们所读的《飞鸟集》、《新月集》、《奈都夫人诗集》等等书，都是糜先生所译开明书局出版的中文本，但循此线索，我后来也读了更古老的《腊玛延那》、《玛哈帕腊达》，以及泰戈尔的英文原著。我最喜欢泰戈尔在《飞鸟集》和《园丁集》里所表现的那种美丽而富有哲思、亦文亦诗的风格，那是中国文学所未见的典范。在写作“拟古”系列作品时，我想到自己比陆机那个时代应有更广阔的模拟对象，凡已作古的文人，包括可敬佩的中国文人与外国文人的作品，都是我可以取之为典范的。既然我已经取日本平安时代清少纳言的《枕草子》为模拟对象，何不再试印度近代诗哲泰戈尔的《飞鸟集》或《园丁集》的表现手法呢？何况，由于尝试新的形式，或者也可以稍改自己惯常的面貌吧。这是我写《有所思——拟〈飞鸟集〉》，以及《无题——拟〈园丁集〉》的动机。与前二组短文不同之处，可说这二组是先有了模拟的形式，再去寻思合乎这种形式的内容，而这种形式或内容，都是我自己过去的作品里所短缺的。现在，我挑选其中二例，及其所模拟的对象，以为具体说明：

（一）

文字对诗人说：“我其实是空洞的。”

诗人回答文字：“我的工作便是将空洞排列成丰沛。”

林文月《有所思》六

小花问道:“太阳啊,我要怎样对你歌唱与崇拜呢?”

太阳回答:“用你纯洁的简单沉默。”

泰戈尔《飞鸟集》二四七

(二)

那是你,梳着乌亮精巧的发髻,摇晃着一双长长的水晶耳饰,裹着一袭青紫色的丝衫长裙,有一点点忧愁多感的表情。

你有我的双眸、我的鼻子、我的抿嘴的笑意,还有我细长的颈项。

你一定是偷穿了我的容貌,还偷穿了我的神情样态。

“请你还给我。还我的容貌,还我的神情和样态。不要偷走我的一切,让我变成一无所有。”我哭泣着哀求。

你温婉地抚慰我:“莫要哭泣流泪。我是前生的你;我只是穿上青紫色的衫裙、戴上了水晶的耳饰、把发髻梳得光亮整齐。瞧,你难道不认识自己了吗?”

林文月《无题》四

在梦中的一条幽暗小径上,我去寻找前生属于我的爱人。

她的住宅坐落在一条荒凉街道的尽头。

在黄昏的微风,她那宠爱的孔雀停在栖木上打盹,而鸽子静静地躲在它们的角落里。

她把灯盏放在门口,她站到我的面前。

她抬起她那对大眼望着我的脸，无声地问道：“你好吗？我的朋友！”

我试着去回答，但是我想语言已经失落了而遗忘。

我想了又想；脑海中再也想不起我们的名字。

泪光闪耀在她的眼里，她向我伸出她的右手，我握住她静静地站着。

我们的灯盏在黄昏的微风里摇曳而熄灭。

泰戈尔《园丁集》六二

《江湾路忆往——拟〈呼兰河传〉》，是回忆童年的文章。关于我在上海的童年记忆，我曾经写过一些文章，但是，读萧红的《呼兰河传》，觉得她把幼年的记忆，依当时生活的地理空间叙写出来，颇有新意，便想到模拟那种写法。萧红将幼年的记忆附托在呼兰河小城的几条街上，使她自己的成长和街上的店铺、民宅、屋宇等寻常空间发生奇妙的关联，而呈现鲜活的印象，于甜美之中流露出一种淡淡的感伤。至于我的童年记忆，是在上海闸北的江湾路五四〇号故宅。我生于那个地方，中间曾因上海事变，而与家人避战乱于日本东京，旋又于一年后返回，直到中日战争结束，才渡海回到台湾。我在人生最初十三年的时间里度过的地方，便是上海江湾路五四〇号。然而，十三年的时间里，我这个台湾人在身份上却从日本人变回了中国人。我试图将那些单纯的，又有些复杂的童年往事，附托在故宅周边的空间叙写出来。叙写的方向，以屋前的铁道为界，由故宅对面的街道开始，先写右边，再写左边；然后再回到铁道靠近屋前的街道，也是依循先右后左的方向顺序。离开上海数十年了，想不到用这种地理空间的方式去追记童年，许许多多琐细零星的往事，竟然随着笔端不断地涌现，几乎不克自制，不可思议。我写和外祖父在虹口公园里的散步，写上学途中的见闻，写幼年的心思和记忆；记忆因为有了一些端绪，而不断扩展衍生，找回不知隐藏在哪里的更多记忆。在书写之际，我已经浑忘萧红、不记得《呼兰河传》，整个人仿佛就回到了十三岁以前的自己。那些往事，由于是附托在一些地理空间书写出来，所以在时间性方面，并非持续连贯，而是呈现跳跃式的。这一点倒是当初想拟《呼兰河传》时所始料未及的。

另有一篇《往事——拟*My Life At Fort Ross*》，也是追忆年少时的文章。内容在时间上稍迟于《江湾路忆往》，那时我们已经回到台湾，定居于台北，而我已是初中的学生了。我追忆一次陪着母亲从武昌街的家步行到延平北路去探访她的老同学的往事。那个年代的台湾，还没达到经济起飞的富裕状况，一般人的生活都很朴实。从武昌街到延平北路颇有一段路程，而当时也还没有出租车，虽然有三轮车，身体硬朗的母亲却宁愿步行，我就跟着母亲步行长长的一段路去看她的老同学。不过，也因为陪着母亲步行长长的一段路，才有机会沿途看到街上各式各样的店铺和各种各样的人物了。我把街上各式各样的店铺和各种各样的人物，以及后来坐在一旁陪母亲探访她老友的情况记下来。其实，都是一些琐琐碎碎的事情，但写那篇文章是在母亲去世十三年之后，那些寻常琐碎间，却充满了令我的心隐然作痛的温馨在其中。《往事》的写作，和《江湾路忆往》有别，同样也记叙着街上各式店铺和各种人物，但在时间上是一次性而非跳跃式的，所以不能与《呼兰河传》关涉，而毋宁较接近一位不顶著名的美国作家

Laura Call Carr的*My Life At Fort Ross*。那是记述作者回忆十九世纪末叶加州一个朴实的城市和人物的文章。《往事》的写作，其实是我先有了自己的经验和安排，才将此文与韵味颇为近似的*My Life At Fort Ross*结合起来。

《洛阳伽蓝记》是北魏杨衒之所写的一本奇书。我曾取它作为中文研究所“魏晋南北朝文学专题讨论”的课本，甚受同学们喜爱。我自己也写过两篇论文：《洛阳伽蓝记的冷笔与热笔》[12]，及《洛阳伽蓝记的文学价值》[13]。作者杨衒之的官阶不高、无甚名气，在正史上不见其人传记，但所遗留的此书已足令他永垂不朽。“冷笔”与“热笔”是我自创之词。杨衒之记洛阳的寺院、述历史、传人物，兼及于志怪谣谚、庭花苑草，自有其文史的价值。而他的文章以空间为经，时间为纬，正文与子注[14]巧妙配合交织，完成了此颇具特色的书。我把参观日本东北部岩手县平泉乡的寺院，及美国加州北部罗斯堡教堂（Fort Ross Chapel）的闻见，沿袭着《洛阳伽蓝记》的时空井然有序之笔法写出来。果然，名胜古迹的建筑外观、附近的泉池苑囿和那些缠绕于其间的远近历史传说，都得到了十分合理的安排。我在文字的印制之际，也特别依照现代人所注解的《洛阳伽蓝记》版本[15]铅字的排印法，把正文与子注用大小有别的字体印出，而我则又将那些子注的部分，较正文降低一格齐头平排。如此，有关时空的叙记，便得到一目了然的效果。从《京都一年》以来，我写过不少景观游记的散文，《平泉伽蓝记》和《罗斯堡教堂》二文，都是拟《洛阳伽蓝记》。我自认为是因模拟杨衒之的笔法而别具风貌。不过，从另一个角度而言，这种时、空、冷、热交织的写法，是比较适合写数据密实的长篇，而不宜于想求得空灵飘忽效果之用的短制。《平泉伽蓝记》和《罗斯堡教堂》二文都是近万字的长文，且较重记述景物和历史掌故，而较少牵涉个人主观的感喟。至于短制的《遥远》，便不适合这种书写方式了。换言之，并不是所有的文章都可以“拟古”，而是需要看内容与形式是否配合得宜的。我和儿女之间，一向维持亲密的关系，而且经常会互相以留字条的方式表达心事。这种习惯在他们出国留学之后，便正式发展为书信来往了。《拟古》一书中，收了三封我给他们的信《给儿子的信》、《给女儿的信》和《给儿女的信》，对攻读工科而从小嗜好文学与音乐的儿子，和对读建筑而喜爱美术的女儿所写的信，内容几乎都没有什么修改。我和他们之间常常都是那样子讨论问题、相互勉励的。所以用《傅雷家书》作为此三信的模拟对象，其实最为自然。我拟傅雷的家书，只是在信的开头用公元记书写的日期，并且冠称“亲爱的孩子”罢了。我曾经细读过《家书》，深深为傅雷对他的儿子的关爱所感动，而写了一篇《寂寞的背影》[16]。那篇文章是融合了从文字里我所熟悉的两位父亲，一位是傅雷，另一位是朱自清的父亲（《背影》中不知名的父亲）。近代文学上的这两位父亲，都十分关爱儿子，但表现的方式不同。我在《寂寞的背影》中写：“《傅雷家书》中的百余封信函，是傅雷为自己投下的‘背影’。我们读他写给儿子傅聪的许多深情流露的文字，却看到夕阳残照之下傅雷自己长长的背影；那个背影显现出诚挚浪漫、认真严谨，但又不免于落落寂寞。”其后，在香港遇见傅聪时，我问他：“你同意我这样子写令尊吗？”傅聪对我含笑点头，那笑中也有一丝寂寞。

傅雷是我所尊敬的前辈文人。他的许多译著如《约翰·克利斯朵夫》、《贝多芬传》等等，我在中学时期就一读再读，后来自己也翻译了一些书，更能体会到他那严谨的一丝不苟的翻译态度。但我模拟的不是他的译笔，却是他的《家书》。经由细读和模拟《家书》，我似乎更了解作为文人和身为父亲的傅雷其人了。原来，模拟一个人的作品，也是借以更了解那一位作者的方法。台静农先生主持台大中文系的系务长达二十年，凡中文系的学生无论亲炙过他的教诲与否，大家都尊敬他、仰慕他。我学生时期在课堂上选修过台先生的“中国文学史”和“楚辞”两门课。当时的学生常常会在课后去老师家拜访。台先生温州街台大宿舍的大门始终为学生们而开着，我也是常去老师家拜访的学生之一。这种习惯从我的学生时代，一直延伸到台先生在世的最后一段日子。在他的书房“龙坡丈室”里，无论请益学问，甚或品茗饮酒闲谈，都是十分温馨自在的。在“龙坡丈室”的闲谈中，我认识到课堂之外的老师，他的生活和他的人格思想。我也看到师母和老师的家人，也听到老师谈到他的朋友们。台先生过世后，我有二文模拟他的作品：《伤逝——拟〈龙坡杂文〉》、《饮酒及与饮酒相关的记忆——拟〈我与老舍与酒〉》。《伤逝》写于台先生逝世二周年忌日。《龙坡杂文》[17]是台先生的散文集，内有《伤逝》一文。那篇文章表面上是追怀他的两位好友张大千先生与庄慕陵先生，其实写文章时师母方去世一年，文章里虽未提及，但我知道台先生内心也追怀着师母。那种约制哀恸的伤悲，更打动人心。“伤逝”一词最是寻常，却也最能传达追怀的心情，所以我径取那题目《伤逝》以追念老师。为了写“拟古”系列，我再次拜读那篇文章，遂深刻地体会到老师当时执笔之际的悲痛心情。至于《饮酒及与饮酒相关的记忆》，是拟台先生较早期在大陆所写的散文《我与老舍与酒》[18]。以《骆驼祥子》著称的老舍和台先生曾同时在青岛山东大学教书。《我与老舍与酒》是台先生听说重庆的文人为老舍举行“写作二十年纪念”所写的短文。写二人身处离乱之世的聚散，而以饮酒贯穿着全文。文字看似轻松，间亦夹杂着酒行和酒话，其实颇见友谊深厚，也显示着时代及个人的变化。《饮酒及与饮酒相关的记忆》则是我某年应《联合报》副刊之邀，被指定以酒或茶为主题而写的文章。我模拟《我与老舍与酒》，以饮酒贯穿全文，甚至题目也略仿原文方式而故意写得长些，共有十一字，是我的书写经验中最长的一个题目。但台先生原文中的人物对象只有老舍一人，因此篇幅也就比较短。至于我拟作里的人物对象则稍多，我把围绕着饮酒的话题、场景、人物，写入文章里，当然也包含了台老师，所以文字也就变得相当长了。

建安时代的文士，往往有代他人写作诗文的情况。那些文字，有的在作品前有短文交代其所以，有的并没有说明，总之，或者实际受托于人，或者设身处境融入他人之境况而成篇。[19]我的父亲晚年因病住院多时，我经常探望照料，接触到医院里许多病患和病患的家属。有一事我至今难忘，每次想起来都非常心痛。那是在我父亲住的同一层楼的病房里，有一个十一岁的男孩，因打球摔伤了腿而住进医院，院方为了谨慎，替男孩的腿照射X光照片，没料到竟发现他罹患了骨癌！医生说需要锯断左腿膝盖以下一截。但家人不忍心孩子小小年纪就此残废，便另外想办法，包括求神问卜。腿伤好了以后，男孩出院，又高高兴兴上学去了。但不多久病症发作，剧痛难忍。父母听信乡人之言而求助于所谓“神医”，勉强男孩服用昂贵而苦口的草药。然而，神医不灵、草药无效，不得不再回到医院锯断左腿。不过，因为耽搁了时间，所以必须从盘骨以下切除整条左腿；而且更不幸的是病毒已蔓延，手术后不到十天，同样的情况又发生于另一条腿。那一段时间里，父亲和男孩住的那一层楼，不分昼夜都听到男孩子凄厉的哀号声，闻之令人心碎。耗尽了生命最后的一点力，在一个秋日的午后，男孩走了。虽然我日日探看病中的父亲，却始终没有见过那男孩，也没有见过他的家人，我只是断断续续听到那悲惨的事情和一声声割人心肺的哀号。男孩去世当晚，我想象他悲苦的母亲而写下了一篇《你终于走了，孩子——拟六朝代作诗赋》。当我孤灯之下执笔为文，设身处境融入那位未曾谋面的母亲的心灵时，说实在的，她的悲苦充满了我的心房，“拟古”是否重内容之模拟，或形式之模拟，是否寓涵游戏性，或竞赛性，等等问题已来不及考虑，整个人似乎已化作那个可怜的母亲，许多无奈、伤悲、悔憾的话一句接着一句在笔下自然涌现。这倒是我在写“拟古”系列散文时候的一个很特别的经验。而当时似乎也非用六朝诗人那种拟代的方式，否则无法抒发我的感情。那篇文章最后的几句是这样的：

> 你终于走了，孩子。
>
> 我用干涸布满血丝的双目，茫然望着力竭死去的你。
>
> 我真是全世界最狠心的母亲。
>
> 孩子，你终于得到安息了。

以上，我举了《拟古》书中一些实际书写经验的例子，来说明我因为研究陆机的《拟古诗》，而引发了一九八七年到一九九三年之间在文学创作上的一种写作试验。我写此系列的文章，原本是出于一种严肃的游戏性，或竞赛性，或实验性的。我想把自己所认真读过研究过的文学作品与创作结合起来，希望能达到拟古而不拘泥于古，不必因模拟古之作而失却自己；而生为现代人，凡已作古的人都是我可以自由选择的模拟对象，而且也不必限制于中国的文学。

我曾经在纽约现代美术馆（Museum of Modern Art）看到一幅近代画家的静物油画，旁边并放着一幅大小相若、内容近似的古画。那近代油画与古画有些相类，但无论画境、画法又都同中有别，并非刻板亦步亦趋的临摹。两张画分开来欣赏，各有妙趣，但是并列合观，也颇有意思；那画家好像是在对观众说着一些画作以外的什么话。《昭明文选》卷三十收陆机的《拟古诗》十二首，但《诗品》卷上、古诗条下却有文："其体源出于国风陆机所拟十四首，云云。"我写了十四篇"拟古"系列的散文后，便给自己找到一个可以集结为书的依据，而在出版之际，我也在文后仿 MOMA 所看到的画展，将文章所拟的对象附录其后，以供读者比对之用。

我不知道写作的人可以为自己的作品解说到何种地步，我今天只能说，如果一个人的生理现象在不同阶段会有不同风貌，创作也大概会在不同阶段有不同风貌的吧。如果有一天我回顾，大概会欣然认知自己曾经有过这个"拟古"的阶段吧。那不仅促使我认真写作，认真阅读，也让我在其中更接近古人，同情世间，是我生活里一段十分美好的时间。

原载《联合文学》二八八期，二〇〇八年十月

## 注解

1.纯文学出版社1971年初版，三民书局1996年重版。

2. 收入《遥远》(洪范书店，1981）。

3. 持此论者，如王瑶，见其《中古文人生活·拟古与作伪》（棠棣出版社，1951），117页。

4. 持此论者，如姜亮夫，见其《晋陆平原先生机年谱》（商务印书馆），44页。

5. 参考注4，44页。

6. 钟嵘《诗品·上品》："文温以丽，意悲而远，惊心动魄，可谓一字千金。"刘勰《文心雕龙·明诗篇》："观其结体散文，直而不野，婉转附物，怊怅切情，实五言之冠冕也。"沈德潜《古诗源》："清和平远，不必奇辟之思，惊险之句，而汉京诸古诗皆在下，五言中方员之至。"

7. 此论文先发表于《幼狮学志》（1989），其后收入《中古文学论丛》（大安出版社，1981）。

8. 陆机生于公元261年，卒于303年。

9.《枕草子》的"草子"，后指"卷子"或"册子"。由于日文使用拼音文字，故取其汉字谐音时，便有多种同音异字产生的可能。因此又有"草纸"、"双纸"或"双子"的表记法可见。

10.《枕草子》的译文于1986年7月始刊登于《中外文学》月刊。其后逐月刊出，共二十二期而译竟。

11. "印度文学选读"为大学部及研究所学生所共同选修之课。当时的台大中文系一年级学生与外文系一年级合上"西洋文学概论"，为必修之课，研究所另开设"西洋汉学名著导读"及"日本汉文学史"二种选修课。

12. 收入《中古文学论丛》，253～299页。

13. 收入《中古文学论丛》，301～342页。

14. 正文，多用以记地理方位，凡建筑、庭苑等标识，均细为之描绘。此部分文章，依顺时针方向运笔，井然有序，且笔调冷静客观。子注，则为与地理相关而附记之历史或掌故，亦常及于当时南北朝人之间的问题。杨衒之以北人之立场，每对南人多所揶揄讽刺，故而此部分笔调颇不冷静，时或热烈，甚至偏激。

15. 例如杨勇《洛阳伽蓝记校笺》（正文书局，1982）。

16. 收入《作品》（九歌出版社，1993），161～171页。

17. 洪范书店，1988年出版。

18. 陈子善、秦贤次编《台静农文集》（联经出版公司，1980）。

19.例如曹丕《代刘勋妻王氏杂诗》前有文："王宋者，平虏将军刘勋妻也。入门二十余年，后勋悦山阳司氏女，以宋无子出之，还于道中作诗。"《见挽船士兄弟辞别诗》则无前文。

林文月翻译《伊势物语》一书之插图。（林文月绘画）

1967年，走进肖像画背景的林文月。林文月提供

# 游于译
## 回首译途

林文月

一九三三年生於上海，台灣彰化縣人。一九五九年至一九九三年任教於台灣大學中文系，曾於美國華盛頓大學、史丹佛大學、加州大學柏克萊分校、及捷克查理大學擔任客座教授。現為台灣大學名譽教授。已出版學術論著有《中古文學論叢》等三種、傳記《謝靈運傳》等二種、散文集《京都一年》、《遙遠》、《午後書房》、《擬古》、《作品》、《飲膳札記》等十餘種，翻譯有《源氏物語》等五種。

我从没学过翻译，我必须坦白，甚至连翻译理论的文章都很少读过，我只是因为生长的背景，具备了两种语言的能力，所以很自然地把一些外文书翻译成中文。我所指的外文是日文。我生于二次大战时日本占领下的上海日租界。像许多同时代的台湾人一样，那时我在法律上是属于日本公民，所以我必须上日本小学。在我读小学五年级那一年，抗战胜利，日本投降，台湾光复了。台湾人都变回中国人；换言之，我的日本同学和老师都是战败国的子弟，而我和我的家人却忽然是站在战胜的一边了。后来，父亲带着我们全家回台湾。我回到台湾，一个陌生的家乡，从小学六年级开始学中国语文和台湾话。其实，从我开始学中国语文的时候，我的心里一直都是不自觉地在进行着中译日、日译中的自我交谈。

我最初的翻译经验是在读研究所时期。当时台湾的物质环境尚未富裕，书籍出版也不是多样性的。当时东方出版社大概是唯一关心儿童及少年读物的文化企业了。东方出版社当时的负责人谢东闵先生和游弥坚先生，便邀约了一些懂日文的人，一起将两套日本人编纂的少年版《世界伟人传记》和《世界文学名著》翻译为中文。有幸参加了这工作，我先后翻译了《居里夫人》、《南丁格尔》、《圣女贞德》以及《小妇人》、《茶花女》、《基督山恩仇记》等六本书。在少年读物比较贫乏的那个时代，这些书曾经陪伴过很多人一同度过少年的时光。相信今日年纪在四十岁以上的人，或多或少都曾读过《世界伟人传记》和《世界文学名著》这几本书的吧。至于对我而言，翻译那几本书是相当自然轻松的。因为日本人已经把那些伟人传记和文学名著改写成适合少年阅读的文体了，所以都比较明白易晓，翻译起来也就没什么困难。

一九六九年到一九七〇年，我得到科技事务主管机构资助，到日本京都大学人文科学研究所，写中日比较文学研究的论文《唐代文化对日本平安文坛的影响》，内容包含着十一世纪初的重要文学作品《源氏物语》。一九七二年，日本在京都举办了一次大规模的国际笔会，规定各国参加者所提论文都要与日本相关。我受到台湾笔会的邀约，以日文书成《长恨歌と桐壶》一文，在大会里发表。当时台大的《中外文学》月刊创办未几，需要比较文学研究的论文，我便自己把那篇论文译成了中文。《长恨歌》是唐代白居易的名作，尽人皆知，许多人甚至还会背诵全诗或其中一部分，故无需担心，但论文中引用了一些《源氏物语》首帖（“帖”相当于“章”）《桐壶》里的文字，而当时无论海峡两岸都尚未有《源氏物语》的中译本（丰子恺着手译《源氏物语》虽在二十世纪六十年代初，但由于大陆的政治社会背景关系，其出版迟至一九八〇年），许多人甚至于连《源氏物语》是怎样的一本书都不了解。为了使中文读者能看懂论文，我试译了《源氏物语》的首帖《桐壶》大约一万字的全文，附录于那篇论文之后，一并刊登于《中外文学》。我的原意是想帮助论文的读者了解论文中我所举例比较的内容。没想到读者们对附录的《桐壶》译文竟比对我的论文更有兴趣，纷纷投书于杂志社的编辑室，希望我翻译《源氏物语》全书。我便是在那样子半被动的情况之下开始翻译《源氏物语》的。《源氏物语》是十一世纪初日本平安时代宫廷女性作家紫式部所写的长篇小说，全书百余万言的巨著。我每月译注一帖，大约一万字左右（每一帖的长短不一，有时太长，则分为二期，或四期），刊登于《中外文学》，共六十六期，历时五年半而竣工。于一九七八年由中外文学丛书出版。那是《源氏物语》的第一个中文译本。

《源氏物语》是日本最重要的古典文学作品之一，也是众所公认最不容易读的作品之一，而我居然以一个只读了五年日本小学的背景译成此书，所以后来有些人对此颇为好奇质疑。我只能说我非常用心、非常认真地读那一本书，包括选择日本学者们所注释的两种版本：平凡社、吉泽义则译注《源氏物语》，小学馆日本古典文学全集今井源卫译注《源氏物语》；以及近现代作家所翻译的三种现代日语译本：与谢野晶子译《源氏物语》、谷崎润一郎译《新新译源氏物语》、冈地文子译《源氏物语》。此外，我还有两种英文译本：Arthur Waley, *The Tale of Genji*（London: George Allen & Unwin Ltd., 1925）; Edward G. Siedensticker, *The Tale of Genji*（New York: Alfred A. Knop, 1976）。在翻译《源氏物语》的那一段日子里，我的书桌上一直摊放着这些古今不同版本的书籍，以两种注释本为中心，右侧是现代日语译本，左侧是英文译本。每译一句话，我都要认真地先阅读中心部位的原文和注释，然后读右侧的现代日语译本，最后，再读左侧的英文译本。其所以有这样的先后顺序，是想要先从学术的立场了解原文，而后参考日本现代语如何表达，以及观察外国人如何看待同一句话。在比较三种不同的现代日语译本时，我其实也掌握了三位作家之间的翻译特色：大体说来，大正时代的女性和歌作家与谢野晶子版是日本最早的现代语译本，有其文学史上的创始地位，但以今日的眼光看起来，还是有些语文上的距离。谷崎润一郎的《新新译源氏物语》，是这位近代文学大师花费三十年时间和精力，三度修订的译作，所以称“新新译”。他的译笔既忠于原著，且又能妥帖地把握典雅的气氛，最是难能可贵。至于冈地文子，是一位曾得过日本天皇赏的杰出女作家，她自己写作小说已有个人的特殊风格，她翻译的《源氏物语》，有时会用比较现代式的象征性技巧，与原作古雅的意趣，稍有距离。至于两种英译本，Arthur Waley的译本出版于一九二五年，为外文翻译《源氏物语》的最早版本，而且译出的英文十分典雅，有其重大的意义，然而译者翻译的态度却相当自由，有时候任意删减，甚至还有整章去除的情形。与此相较之下，Siedensticker的译本是全译，没有任意跳脱或删减的情形。不过，他的译笔稍嫌简明，失去平安时代那种优雅的趣味，这一点倒是不如Waley的地方。

以上，不厌其详地追述翻译《源氏物语》时参考过的各种版本，是想要说明我曾用自己所能达到的最认真的态度去阅读这本书。因为我知道自己的日本古典文学根底不够充实，所以必须加倍用功努力。但是，有些读者对于我其实是从事中国文学研究而不是专攻日本文学的背景感到好奇。而被人质疑多了以后，我自己也难免担心起来。所以我想到最好的方法，就是再去翻译一本同时代、同样困难的书，如果能够译出来，便可对读者有所交代；而最重要的，其实是对自己能够产生信心。于是，八年之后，于一九八六年，我再度投入与《源氏物语》同时代的另一位女作家清少纳言的作品《枕草子》的翻译。

也是连载于《中外文学》上，但这次只有二十二期，共三年。《枕草子》译完后，我自己似乎已经习惯于休息一段时间便会再去找一本书来翻译，而别人也会问："下一本书是什么？"就这样子，一九九三年出版了《和泉式部日记》，一九九七年出版了《伊势物语》。这两本书是先在《联合文学》连载，而后结集成单行本的。四种日本古典文学作品译完以后，我跟自己说："可以了。不必再辛苦了。"可是，二〇〇四年，一不小心竟又出版了近代日本女作家樋口一叶的短篇小说集《十三夜》。在翻译这几本书时，我也都尽量参考很多版本，而且除了《和泉式部日记》没有找到英文译本外，其余三本也都备妥了英、美学者的英文译本：《枕草子》（Ivan Morris, *The Pillow Book of Sei Shonagon*. New York: Columbia University Press, 1967）、《伊势物语》（Helen Craig McCullough, *Tales of Ise. Stanford*, California: Stanford University Press, 1968）、《十三夜》（Robert Lyons Danly, *In the Shad of Spring Leaves*. W.W. Norton & Company, 1981）。

事实上，除了以上五种日本文学，在翻译《源氏物语》与《枕草子》之间，我还译出过一本南太平洋萨莫亚（Samoa）岛酋长椎阿比（Tuiavii）的演讲稿《破天而降的文明人》。那本书先是椎阿比酋长的德国朋友Erich Schulmann替他以德文记下的讲稿（德文书的原名为Der Paparagi），其后被一位日本青年冈崎照男译成日文（日译本的原名为パパラギ，Rippu Shodo, 1981），因此，我所依据的还是日文。其他的零星译文，还有川端康成及曾野绫子等日本近、现代作家的短篇文字，但因为没有成集，所以现在就以上述六种书来和各位谈一谈我个人在译事的实际经验中所遭遇到的问题，和我试图解决的方法。在此，我先将自己翻译的这六种译书的出版处和出版时间交代一下：

《源氏物语》（初版分五册，中外文学月刊社，1978；修订版分上、下二册，中外文学月刊社，1982；新版分四册，洪范书店有限公司，2000）

《破天而降的文明人》（九歌出版社，1984）

《枕草子》（初版，中外文学月刊社，1989；
新版，洪范书店有限公司，2000）

《伊势物语》（洪范书店有限公司，1997）

《十三夜》（洪范书店有限公司，2004）

首先，我想要谈自己选择译书对象的考虑。翻译《源氏物语》的缘起，前面已经提过了，其实是有些外在的不得已的因素存在。但归根结底，还是由于自己很喜欢那本书，欣赏作者紫式部的才华与文笔，否则必不能长期和她为伴的。对我而言，我翻译，是因为阅读了某一篇文章或某一本书，深受感动，想到把那种感受让不谙原文的读者也能分享到。翻译者与一般读者不同之处在于，他必须非常认真地阅读原著，不能放过一字一句，以及那些字字句句所显现出来的氛围。文学作品的翻译不同于科学的说明性文字的翻译，翻译者不仅要译出那些文字所含的内容，而且，同样重要的是得注意那些文字是如何被书写出来的。这个作家和那个作家的文章趣味不同，译者要有极高的敏感度去辨别其间的差别才是。因为译者对原著的责任，已不是仅止于欣赏感动的层面，而是要透过那一字一句的翻译，让不谙原文的读者也能像自己当初那样欣赏和感动，所以翻译者必得是一个最认真和敏感的读者。由于长期持续地认真阅读和翻译，我会觉得自己与原著的作者冥冥之间似乎产生了一种默契或了解。在我翻译《源氏物语》的那一段时间，有时夜深人静，独自在书房里斟酌着那些缠绕费解的词句，会觉得紫式部好似就站在我的椅子背后，同情地看着我。这也就是在译完书的一个夏夜，我有一种既满足又失落的奇怪的感觉。后来我把那种奇特的感觉写成了一篇短文《终点》。六年的译事不算短，终于完成，有一种如释重负的感觉，却也掺杂着如与认识多年的朋友分别的滋味。我还记得翻译过程中的两个小插曲：一次是我的老师台静农先生在连载期间读到有一段与评论书法相关的文字，他说："真是了不起，短短几句话，简单扼要，一下子把握到书法的精妙处。"（详第二帖《帚木》）又有一位专事研究中国古代香料的读者写信给我："想不到遍查我们的古籍无所得，竟在你的译文中找到了答案。"（详第三十二帖《梅枝》）我哪里懂得精妙的书法或古代的香料呢？我只是很认真地读紫式部所写的一字一句，依她的口吻，尽可能地把她笔下的古代日文转变成中文，而读者千百人，各有各的不同经验和领会，想必是那些译文遇到知音，遂产生了火花。作为一个译者，能够得到读者那样的反应，比什么都高兴，觉得虽然是我自己所不太熟悉的内容，但由于认真用心译出，所以竟引发了专家的注意和感动。

《枕草子》是一本散文集。其中有许多片段记述著作者清少纳言的生活和感思。字里行间显现着她好强逞能、爱恶分明，又多愁善感的性格。由于逐字逐句的翻译笔谈，她的心情，最先进入了我的心房。遂觉得我完全了解她，所以于全书译完后写了一篇《你的心情》，以表达我对作者的敬意。我把当初在翻译时无法在译文，甚或注解里写出的种种对于作者清少纳言个人的同情、敬佩和谅解写在那篇文章里。觉得如果不写那文章，自己的译事便没有一个结束。

类似情况也发生于我译完《十三夜》之后。这位才华甚高而早逝的日本近代女作家樋口一叶，因肺病而死时才二十四岁，正值花样年华，实在令人惋惜。我一方面翻译她的小说作品，一方面读她的日记和当时及后代的人所写的相关文字，心里有所疑问。觉得一叶自己的小说，其实有一些言外之意，她没有（或不愿）说，而他人也没有触及。例如关于一叶内心深处隐密的爱情、她不为人所察知的文学观和对于时人评论的反应，以及她个人真正的抱负等等问题。这些疑问，我没有办法和别人讨论分享，只有与樋口一叶本人对谈求证。便只好虚拟一场访问。我让百年前去世的明治时代女作家，和我相约于她的小说场景（东京本乡）的虚拟咖啡馆内，由我“亲口”探访她一直存在于我心中的一些问题。这些问题，有的是来自我翻译她的文章，有的是来自阅读她的日记，另有一些，则是来自翻译之际用以参考佐助的当时文艺界人士所写有关其小说的评论。当然，已经死去一百年的人是无法“回答”我的，那些“回答”，其实都是我自己所作合理推论的结果。由于长时期认真地阅读一叶的小说，并且仔细斟酌其中的一字一句，将其翻译成中文，我似乎已经颇了解她的个性了。那一段时期，我在散文的写作上正尝试着“人物速写”系列的文章。那是我个人创作的一种新尝试，取人物为主题，利用人物对谈以发展情节，或迂回带出感思，而故意不取一般直接叙述的方式，以呈现人物的个性特色，那是一种介乎小说与散文的书写方式。我想到，何不让已经去世的人起死回生，和我“对谈”呢？所以就写出了那一篇《与一叶对谈》。后来，我把一叶的十篇短篇小说出版为单行本《十三夜》（洪范书店，二〇〇四）时，便以此文作为该书的代跋，附于书后，算是我个人对于一叶的看法。那篇文章也收入了同年出版的散文集《人物速写》（联合文学出版社，二〇〇四）中，不过，改题为《H》，以取得与《人物速写》全书统一的面貌（该书的篇名均以英文字母为人物代称）。

在执译笔之初，翻译者首先需要考虑的是文体。我们读日文书，虽然也可以看到汉字，但是两国的语文特质却不相同。一般说来，日文和中文给人的感觉，就好比音乐的小提琴和钢琴。同一首曲谱，以小提琴演奏和以钢琴演奏，予人的感受并不一样。日文的感受比较接近小提琴，而中文则较近钢琴。

通常日文给人的印象，句子较长，而且比较缠绕迂回，中文则较为简短；而同为中文，文言文又比白话文更接近钢琴趣味。所以虽然我翻译的都是日本古典文学，却都用中国的白话文。不过，我又想让读者感到有所别于现代的文章，所以一方面避免使用过分现代化的语气，尤其是西化语气，另一方面则有时故意放入一些较浅近的文言，造成文白交织的效果。至于原著里经常出现的和歌（日本古典诗歌），我故意不译为白话诗，也不采取我国既有的古诗形式，而另创一种类似古诗而又不完全相同的形式，以造成既典雅却又饶有异国情调的效果。下面举《源氏物语》第一贴《桐壶》中的一首译诗为例：

云掩翳兮月朦胧，
　辉不及荒郊舍，
　　独有一人兮怀苦衷。

（洪范书店，林译《源氏物语》，第一册，10页）

这样的形式，有些接近汉高祖的《大风歌》，又不尽相同。首句和尾句押韵，以收声律和谐之美的效果，用“兮”字以求缠绵之趣旨；而且每行的首字在排印时各降一格，以造成视觉上的新鲜感。在《源氏物语》全书之中有七百九十五首和歌，我都是用这样的形式译出来。其后的《枕草子》、《和泉式部日记》、《伊势物语》中所出现的和歌也沿用同样的形式，甚至于一叶的《十三夜》里偶尔出现的和歌，我也采取统一的形式。我在大陆丰子恺所译的《源氏物语》里看到他所译的和歌，有两种不同的形式，一种是采五言绝句，另一种则用七言二句，如下例：

欲望宫墙月，啼多泪眼昏。
遥忆荒郊里，哪得见光明。
（人民出版社，丰译《源氏物语》，上册，11页）

镜中倩影若长在，
对此菱花即慰心。
（人民出版社，丰译《源氏物语》，上册，265页）

一个译者应如何对待不同的作者、不同的文字趣味风格，是在《源氏物语》译成后，另译《枕草子》时，我所考虑的一个问题。因为二书的作者虽属同时代，但她们的个性不同，文风有别。紫式部的文字更为委婉缠绵，清少纳言则比较刚直简洁。我想把自己读二书时的这种感觉在译文里表现出来。其实，按原文贴切地译出，便可以大概把握住其文风了。举《枕草子》全书一开始的名句“春は曙”为例，其简劲的风格，我认为只能追随清少纳言的风格而译为“春，曙为最”。我后来看到大陆周作人的译本：“春天是破晓的时候最好。”反而觉得有些累赘。此外，我又在用字上面，为紫式部与清少纳言稍作区别。譬如前者写“什么”，后者则“甚么”。前者为“大伴儿”，则后者是“大伙儿”。不过，如此的刻意区别，可能也只有我自己知道，普通读者大概是不会觉察到的。何况，在翻译《枕草子》时，我并没有计划其后还有《和泉式部日记》、《伊势物语》。而任我怎样想变化区别，终究中文的同义异词有限，难免黔驴技穷，所以也就只好放弃，唯一的方法就是认真地阅读原著，尽可能忠实地、贴切地把原文译出来罢了。如果，《和泉式部日记》的译文能够传达出原著里那女子沉醉于爱情中的痴迷情调，而《伊势物语》能多少显露出男人世界里的爱情观，或平安贵族的优雅友谊，也算是没有枉费我的苦心用意了。

翻译和教书不同，许多文学作品，尤其是翻译古典文学作品时，往往会遇到有不同的版本、不同的解说。如果是教书，我可以对学生说清楚这种情形，但翻译者却必须在白纸黑字一定的范围里写下字句，不容多犹豫。记得《源氏物语》译完后不久，我去东京访问一位日本著名的女作家，也是译《源氏物语》为现代日文的冈地文子女士，她曾经对我诉说许多有关翻译的艰辛。我特别记得她说过：“有些专家学者挑剔我的译文，说这里不对那里不对。待我请教他们时，得到的回答常常是：一说如何如何，另一说如何如何。”她说：“翻译哪能像他们所说的那样子呢！”确实是如此。我个人在遇到古典文学作品里有不同版本、不同解说时，在译文里只能选择其中一种，但在译文之后会附加注解作为补充说明。我所译的那几本书都是日本文学史上的重要作品，《源氏物语》甚至今日已成为世界文学史上的重要作品，所以在翻译之际，有时不得不附加一些注解。我附加注解的范围包含：（1）译文无法表达清楚的言外之意；（2）文中引用的日本重要的古典诗文；（3）文中引用的中国古典诗文；（4）原文因不同版本所产生的差异。我把注解置于每一帖的译文之后，故一般读者可以只看前面的译文内容；至于想要追究深一层含义，以及做日本文学研究，或中日比较文学研究的读者，则可以参考后注。有时，一万字左右的译文，竟然会有十几条，甚至几十条的注解。所以我常被朋友们揶揄说："看你翻译的书，好像在读国文课本。"中日两国虽有人说"同文同种"，但究竟一千多年前的古代日本贵族，和现在我们中国人，在衣食住行及文化习俗上是有很大不同的。而那些生活上的枝枝节节，有时用文字并不容易解释清楚。遇到那样的情况，文字的注解往往不如图画能直接诉诸视觉的效果，所以我会在适当的部位置入插图。如果原著的某种版本里是有插图的，就利用那插图，如果原著未附插图，我会想办法去别处找，或转用相关的插画附之。我把插图看作是文字注解的延伸。有一次，我的译文被一本杂志转载，编辑室误以十九世纪江户时代的浮世绘置入我十一世纪初平安时代的译文之中。从此，我便决定自己为译文绘制插画，以免不适当的插图误导读者。我从小也很喜爱绘画，没想到，这个决定竟为我个人带来翻译之余的另一种愉快与满足感，所以在五种日本古典文学作品之中，《和泉式部日记》、《伊势物语》和《十三夜》的译本，或多或少都有我自己所画、帮助读者了解译文为目的的插图。

每一本译书在出版单行本时，我都有较长的序文，介绍其书及其作者。由于《源氏物语》是我最早译出的，而当时台湾地区（甚至整个中国大陆）对日本的古典文学是相当冷漠和陌生的，所以在《源氏物语》的序文里，我便提到“物语”、“和歌”之特色，以及平安贵族一生之行事等等导读性的文字，希望那些文字能对于阅读本文有所帮助。而其后的四本书《枕草子》、《和泉式部日记》、《伊势物语》和《十三夜》，也都有序或跋以为导读之目的。

在漫长而持续累积的翻译经验里，我很自然地体会到身为译者，同时也是读者的矛盾。译者当然也是读者，而且如前所说，更应该是一个非常认真又敏锐的读者，但是译者也像一般读者，会有一些心理反应，诸如赞赏、感动、质疑，甚至反感。因为一个读者在阅读之际往往会有自己的一些意见的，而那些阅读之际的意见，有时便会成为一种评论。其实，评论者就是阅读者，或者也可以说是一个非常认真又敏锐的读者。同样的道理，译者有时不仅是一个读者，也甚而兼具评论者的心态。然而，当其执译笔之际，他必须抑制自己对原文或原作者的意见，而只许一字一句忠实、贴切地跟随下去，不容稍有逾越或任意窜改。在翻译时，我知道自己的角色身份，所以严守着译者的分寸，未敢逾越身份、窜改原文；顶多只是于译完之后另写文章，例如上面提到的《终点》、《你的心情》、《与一叶对谈》，把那些译笔所无法容纳的个人的感思发表出来。

在《源氏物语》和《枕草子》之后，我翻译的《和泉式部日记》，是一位女性的爱情故事，内容比较单纯。日人称此书为“歌物语”。即以和歌为主，叙事的部分着墨不多，所以如果完全依照原著忠实地翻译出来，即使有注解，仍不容易让读者充分了解，所以我便在注解之前另设一段“笺注”，梗概说明其内容。类似的情况也发生于《伊势物语》。这本比《源氏物语》（《源氏物语》曾引用过《伊势物语》的文字）和《枕草子》更早的书，无论其作者与写作背景，至今都存在着许多无法完全定论的疑点。我在序文里已尽量参考学界的说法，对中译本的读者有所交代了。至于其简约的文字，则只好留待"笺注"为之补充说明；不过，在写《伊势物语》的"笺注"时，却比《和泉式部日记》多了一些我个人的感思。例如第二十六段《唐船》的"笺注"：

> 此段故事似仅为一首和歌追补背景而设。至于和歌本身则颇见反映平安时代日本文士崇尚唐朝文化之现象。"唐船"为平安时代往来于日本与中国之间的大船，其任务包括朝贡等外交活动，以及吸收中国文化。（详见拙著《中古文学论丛》所收《唐代文化对日本平安文坛之影响》）（洪范书店，林译《伊势物语》，81页）

事隔多年，重读这样的文字，觉得这也许是多年教书的习惯，使自己在增设的"笺注"那个比较自由的空间里表现无遗了。我也看到第六十九段《狩使》的"笺注"竟长达千字，除了补充说明平安时代的制度及男女关系，又以译文内容与元稹的《会真记》相印证比较。回头看这几本较后期译出的书，如今不得不承认，这些地方，我已超过了一个译者的身份，而几乎是一个老师的角色了。不过，我又回想，也许是走过三十余年的经验，逐渐脱离了一板一眼的翻译"工作"，而有点享受翻译的"乐趣"。《论语·述而篇》说："游于艺。""艺"，本是指儒家所重视的士人之技艺：礼、乐、射、御、书、数，而“游”，则是谓玩物适情的态度。让我在此大胆地借用这句话，我现在看待翻译，几乎也有些玩物适情的态度，或者可以说“游于译”吧。

至于《十三夜》，是十九世纪女作家的短篇小说集，其写作时间比此前所译平安文学晚了八百年，我从一九九七年到二〇〇三年之间随兴所至地翻译，时间上既不采每月刊登的连载方式，发表的对象也不固定，时则在杂志上，时或于报纸副刊上，有一篇译稿甚至应香港《明报》之邀而在彼地刊登。在连续四本日本古典文学作品的译注之后，我译一叶的短篇小说，在心情上是比较轻松的。虽然我仍很认真地阅读，也准备了一本美国学者Robert Lyons Danly的英译本*In the Shad of Spring Leaves*，并且每译一篇都有注释、插画和笺注，但初时我并不一定想出版单行本，所以时间上倒也拖了五六年之久，又于注释和笺注之外，加了另一项“译后小记”，少者百余字，多可千余字，把自己翻译之际的感思放进去，是一种比较自由的笔调。实际上，这已经和翻译本身没有关系，纯粹是我个人翻译之余的副产品。这里面的我，有时是读者，有时是评论者；或者也可以说是译者的我，在译文之后借着这个另辟的空间与我的读者朋友交谈。这样子说也许不容易说清楚，就让我引一段不算太长的实例，作为这个谈话的结束吧：

> 《下雪天》，是明治二十六年（一八九三）一叶二十一岁时所作。采用第一人称口吻，写一个背弃姨母和故乡而私奔的女子的悔憾。日本学界普遍认为此小说实基于一叶自身的体验。在明治二十五年一月八日的日记中，一叶记述了她雪中访半井桃水未

遇一事。虽然在现实生活里，一叶听从师友的劝告而与半井桃水中止交往，但是在这篇文章里，她却反其道而安排了女主人公选择她的老师，离乡背井，叛逆养育恩人而远赴他乡。虽然文中并未详细交代故事，但读者可以从后段充满悔憾的语气中感知，当年令女主人公钦羡崇拜的男人，一旦结婚之后，也不过只是一个普通的丈夫罢了，而且“无情无义”背逆了感情，遂令她“徒然默默地坚守贞节操行”。

显然，小说中的薄井珠，是樋口一叶的替身，桂木一郎则为半井桃水之投影。作者把自己的现实生活体验折射成另一种不同的始末，所欲传达的意旨为何？不得而知。但无论现实或虚设，人生种种境遇，往往系乎一念之间，而得失因果却有时又始料所未及。樋口一叶用虚设之笔写成与现实经验相反的情境，或许只是一种纾解，或许竟是一种嘲讽也说不定。（洪范书店，林译《十三夜》，30～31页）

原载《联合文学》二八八期，二〇〇八年十月

林文月翻译《十三夜》一书之插图。（林文月绘画）

一九五五年，当年刚有了军训制服，林文月（前排右三）与同班同学合影于草山（阳明山）。（林文月提供）

# 『归鸟』几只

## 谈外文资料对古典文学研究的影响

林文月

一九三三年生於上海，台灣彰化縣人。一九五九年至一九九三年任教於台灣大學中文系，曾於美國華盛頓大學、史丹佛大學、加州大學柏克萊分校、及捷克查理大學擔任客座教授。現為台灣大學名譽教授。已出版學術論著有《中古文學論叢》等三種、傳記《謝靈運傳》等二種、散文集《京都一年》、《遙遠》、《午後書房》、《擬古》、《作品》、《飲膳札記》等十餘種。翻譯有《源氏物語》等五種。

No.

(12×25)

真善美

这个题目看起来或许有些奇怪。但我在归鸟二字的前后加了引号，表示这不是普通一般的名词，而是有所专指的。我所指的是陶渊明的一首四言诗《归鸟》[1]。现在，我把那首四言诗《归鸟》抄在下面：

翼翼归鸟，晨去于林。远之八表，近憩云岑。
和风弗洽，翻翮求心。顾俦相鸣，景庇清阴。（一章）

翼翼归鸟，载翔载飞。虽不怀游，见林情依。
遇云颉颃，相鸣而归。遐路诚悠，性爱无遗。（二章）

翼翼归鸟，相林徘徊。岂思天路？欣及旧栖。
虽无昔侣，众声每谐。日夕气清，悠然其怀。（三章）

翼翼归鸟，戢羽寒条。游不旷林，宿则森标。
晨风清兴，好音时交。矰缴奚施，已卷安劳？（四章）

这样说明之后，也许大家就会想：这首诗里有几只鸟？有几只鸟有什么关系吗？我从前有一段时期也不怎么重视诗里有几只鸟这样的问题。说得简单一点，我根本没想到还会有这样的问题。直到有一年，我教“陶渊明诗”的课堂上有一位美国学生，他的名字叫作Arthur，他突然举手提问：“请问这首诗里有几只鸟？”当时，Arthur提的问题令我十分意外，课堂上的中国学生甚至都笑了起来。我感觉到这问题的背后存在着与英文文法相关的一些思想，便向他说：“我回去想一想，下次再告诉你。”

我回家之后，在书房里找到了两种英文的翻译。一种是James Robert Hightower的“Homing Birds”[2]，另一种是Burton Watson的“The Bird Which Has Come Home”[3]。下面姑引原作第一章的二种英译诗：

Smoothly fly the homing birds;
This morning they left the glove
To go afar to the Eight Quarters;
Or rest nearby on cloud peaks.
When the favoring wind will not oblige
They turn their flight and search their hearts,
Look and call to one another,
Yearning for the pure shade' s shelter.

——James Robert Hightower

Fluttering is the bird which has come home;
In the morning it went out from the wood.
Far it went beyond the Eight Directions;
Near it rested on the cloudy peak.
When a mild wind did not come for it,
It flapped its wings and sought its desire.
It looked at its fellows and call to them;
It sought for shelter in a pure shade.

——Burton Watson

从Hightower所译的诗题“Homing Birds”及Watson所译的诗题“The Bird Which Has Come Home”，其实，便可以看出Hightower是把陶渊明这首诗内的“归鸟”看作“一群鸟”，而Watson则认为是“一只鸟”。所以前者在指称时或使用birds，或使用they（their）；而后者则用bird或it（its）。在中文里，“归鸟”既可指称返巢的一只鸟，也可以指称返巢的一群鸟。因为中文的名词，其为单数或复数，在字的表面上并没有区别。也就是说一个“鸟”字，既可以指称单数的一只鸟，同时也可以指称复数的两只鸟，或三、四只，乃至于更多的一群鸟。而此诗中所称“鸟”之为隐喻象征，是不必争议的。陶诗中每每以鸟为自己的代称。王叔岷先生在他的《陶渊明诗笺证稿》于《归鸟一首》题下有文：“陶公归鸟诗，当与归园田居、归去来辞并读。归园田居第一首所谓‘羁鸟恋旧林’，归去来辞所谓‘鸟倦飞而知还’，皆以自喻耳。又饮酒之七‘归鸟趣林鸣’。”[4]而既然是陶公的自喻，理当这“鸟”是单数的“一只”无虞；可是西方这两位著名汉学家的译诗怎么会出现不同的看法呢？难怪我那位美国学生Arthur会提出那样的问题来。想要了解Arthur的困惑，我们其实应该先了解英文这种语言的特色。相对于如上所述中国语文在单数与复数上没有明显的区别，英文则是无论在说话或书写时都需要严格区别的。因为主词（subject）的单数或复数，不但决定了选择不同的字（在此只是bird与birds少一个s或多一个s的区别），而且还影响到相关的受词（object）的使用（it及birds）；由于Hightower选择了多数的birds，所以第六句的“翻翮求心”这个“心”字（其心、鸟的心）便也要译成hearts，而不能译为heart了。另外，由于主词之为单数或复数，也会影响到动词（verb）现在式（present tense）的选择。一个看似简单的主词“归鸟”的认识判断，会牵涉这许多相关联的用字，而英文的译者必须要白纸黑字写清楚。这便是在我的课堂上，Arthur不能像其他听课的中国学生那样理所当然地接受我使用中国话授课（没有强调那“归鸟”究竟是一只，还是几只），所以他会马上敏感地提出那样的问题了。

其实，基于对陶公以鸟自喻的认知，大概是Watson选择了单数的bird的道理。不过，诗中第一章里则又见“顾俦相鸣”、第二章有“相鸣而归”、第三章有“众声每谐”、第四章有“好音时交”，则显然在诗中亦当另包括了一些其他的鸟才对。在陶公诗集内，如卷二《归园田居》有“时复墟里人，披草共来往”，又《移居》也有“闻多素心人”等句。辞官归田园的诗人，赖有那些墟里人、素心人以“好音”“相鸣”，则或者是Hightower决定以复数的birds译出的原因吧。渊明不愿意为五斗米折腰，借鸟以自喻，表明了归园田的决心，他宁可辞去公务，与朴素的乡人共处。所以“鸟”字在全诗中，有时是指特定的一只鸟（诗人自己），有时则是包括诗人在内的一些素心人。

中国语文的文法，常常不是太清楚。这首诗中的“鸟”，便是有时指单独的一只鸟，有时则涵盖了较多的一些鸟。即使在现在通行的白话文里有“我”、“我们”之别，但“鸟”、“鸟们”，这样的说法还是不甚习用的。一个字的内涵可以变化自如，作者如此使用，读者似乎也明白。只是，经过翻译的层次，则往往更可以达到知其然，且知其所以然的地步了。至于Hightower译为birds，Watson译为bird，皆无误，但二者各执着一说，却都未能完全把握到陶诗所表达的多层含义，因而也都不是完全精确的。这样看来，讲究文法精确的英文，反而未能精确地掌握语性较暧昧的中文，岂非讽刺！

除了主词之为单数或复数外，中国的古典诗也时常有根本不见主词的情形，举一首李白有名的五言绝句《静夜思》及其英译*Quiet Night Thought*为例：

| | |
|---|---|
| 床前明月光， | Before my bed the moonlight glitters |
| 疑是地上霜。 | Like frost upon the ground. |
| 举头望明月， | I look up to the mountain moon, |
| 低头思故乡。 | Look down and think of home. |

——Elling Eide[5]

李白的原诗四句里没有出现一个主词，但我们都明白那是诗人李白（我）的感思。然而，在译为英诗时，那个省略的主词却不得不被译者填回去，否则无法成句，所以会有译诗第一句的my和第三句的I出现。如果我们再回去看Watson《归鸟》第一章的译诗，除首句用了主词bird，其下的七句里每句都有一个it（第六句里除了it，其后另有一个its）。也许这种现象在我们中国的读者眼中会稍嫌累赘，然而不同语言自有不同文法和习惯，本是无可厚非的。不过，我个人倒认为关于这一点，Hightower的翻译，由于活用句子的变化，而比较能避免过多的主词出现。《静夜思》里所省略的主词为第一人称“我”，至少应当是不会有争议的，但有些诗中所省略的主词，不同的英译者所填回去的主词却不一定相同。此再举李白另一首著称的短诗《玉阶怨》为例：

玉阶生白露，夜久侵罗袜。却下水精帘，玲珑望秋月。

这首诗里的主词也省略不见。Ezra Pound的英译为*The Jewel Stairs' Grievance*：

The Jewelled Steps are already quite white with dew,
It is late that the dew soaks my gauze stockings
And I let down the crystal curtain
And watch the moon through the autumn. [6]

另有一英译为Wan Zhaofen *The Jewel Stairs' Grievance*：

The marble steps with dew grow white,

It soaks her gauze socks late at night.
She lowers then the crystal screen
And gaze at the moon, pale and bright.[7]

Pound的英译所填补的主词是第一人称I，Wan则用了第三人称she。原诗所写“玲珑望秋月”者是一个女性，两位译者当然都了解的，只是前者采用了作者拟代的口吻，而后者则采用了作者旁观的口吻。值得注意的是，第二首译诗是出自一位中国学者，在使用英文时，他也不得不填补原诗所省略的主词。

除了主词的暧昧不确定外，有时动词也有这样的情形。这首诗第一章的最后一句“景庇清阴”，另有一位外文系的研究生来旁听我的课，问到：“到底是鸟的羽翼庇护了树的清荫？还是树的清荫庇护了鸟？”我反问：“你怎么会想到鸟的羽翼庇护了树的清荫呢？”他说：“因为《庄子》书里有‘鹏鸟’。”他指的是《逍遥游》内的“鹏之背，不知其几千里也；怒而飞，其翼若垂天之云。”不过，我知道造成他联想到“鹏鸟”这个词的关键词，其实是在于“庇”这个动词。外文系的研究生在写比较文学的论文时也是需要翻译的，甚至于他在构思的时候也需要借助英文的思考方式。那位研究生大概是想到“庇”这个动词究竟是主动？还是被动？也就是“庇护”？还是“被庇护”？以普通一只鸟的体积大小而言，断不可能以其羽翼庇护树的清荫的；但鹏鸟以其若垂天之云的羽翼，倒是庇护树绰有余裕了。Hightower译为“Yearning for the pure shade’s shelter”,Watson译为“It sought for shelter in a pure shade”。可见他们二人都取“鸟受庇于树的清荫”[8]这个解释。

不过，古典诗里的动词，确实也常有主动或被动不甚清楚的例子。例如陶渊明《饮酒诗》二十首之五著名的句子：

采菊东篱下，悠然见南山。[9]

采菊的主词虽省略不见，其为诗人“我”，是没有疑问的。但下面的句子究竟该解释为“诗人悠然地见到南山”呢，还是“诗人见到悠然的南山”？（“见”为“现”之省文。）我所看到的英译诗至少有四种：

I pluck chrysanthemums under the eastern hedge,
Then gaze at the distant summer hills.

——Arthur Waley [10]

Picking chrysanthemums by the eastern hedge,
I catch sight of the distant southern hills.

——James R.Hightower [11]

I pluck chrysanthemums under the eastern hedge,
And gaze after towards the southern mountains.

——Burton Watson [12]

Chrysanthemums by the eastern hedge I pick

When far range the southern hills in view.

——余光中[13]

上举四译，前三种都是以为诗人（我）悠然地看见南山，余氏的译文较有南山悠然的旨趣。关于陶公此二句，日本已故汉学家吉川幸次郎曾在其《陶渊明传》里说过：

> “悠然见南山”之句，又有另一种读法，那便是：悠然非为形容看山的渊明，而是形容被看的南山。总之，“悠然见南山”之句，既可读为：悠然地看南山；亦可以读为：看到南山的悠然。可是进一步想，或许在呈现着两者皆可的吧。看山的渊明是悠然的，而被渊明看到的南山也是悠然的。主客合一，难以分割，这种浑沌的状态，不正是“悠然见南山”吗？在中国话里，这是可能的。人们往往带着嘲讽之意说中国话的暧昧性，却不明白这正是作为诗的语言的绝妙之处。现实世界往往是浑沌而多面的，设若诗也者，便是要将那多面性保留其多面性，使之定型于语言中，那么，中国话便是最适宜于作诗的语言了。渊明此句，即可视为一例；或者又可以说渊明全部的诗都是如此。他的诗经常保持着高密度的平静，盖即得力于中国话的这种特质的吧。[14]

以上，从英、日两种外文翻译来讨论我们平时不甚注意的古典文学里主词和动词的一些现象。下面再看一看外国学者对于中国古典文学所抱持的不同意见。我仍然要举陶诗为例子。渊明有一首《乞食》诗，被古今学者讨论得很多：

> 饥来驱我去，不知竟何之？行行至斯里，叩门拙言辞。
> 主人解余意，遗赠岂虚来。谈谐终日夕，觞至辄倾杯。
> 情欣新知欢，言咏遂赋诗。感子漂母惠，愧我非韩才。
> 衔戢知何谢，冥报以相贻。[15]

这首诗一般认为是渊明晚年之作。诗中用了《史记·淮阴侯列传》典故，韩信年少时的故事，为众所熟悉。然而，关于此诗的内涵，则古今论说不一，甚至因此诗而涉及对于渊明人格、思想的不同看法。大体而言，可以分为两类：第一类是承认诗人确实有“乞食”其事；第二类则认为“乞食”非真有其事，乃是诗人另有寄托的。第一类可以王叔岷先生在《陶渊明诗笺证稿》中的说法为代表：

> 陶公不为五斗米折腰之傲，一餐思报之温，并见其性情之真。[16]

清代学者张潮等人则说得更仔细一些：

> 初为饥驱而出，心中漫无所适，及叩门，觉为谋食而来，故拙于言辞，且不屑有所请，在主人解意授餐，至饮酒赋诗，忽露本色，云“冥报以相贻”，即是拙言处。[17]

而苏东坡更有一段甚为悲慨激越的话：

渊明得一食，至欲以冥报谢主人，此大类丐者口颊也。哀哉哀哉！非独余哀之，举世莫不哀之也。饥寒常在身前，声名常在身后，二者不相待，此士之所以穷也。[18]

东坡此话当是哀古也哀己，多一层用情。无论如何，是正面看待此诗的。

至于不认为“乞食”非真有其事的另一些学者，则是持不同的解读方式。此取清代陶必铨之说为例：

此诗寄慨遥深，着眼在“愧非韩才”一语。借漂母以起兴，故题曰乞食。不必真有叩门事也。志不能遂，而欲以死报，精卫填海之意见矣。[19]

所谓“不必真有叩门事”，便是看待乞食一事乃是陶公借以寄慨表志。明人黄文焕说得更透彻：

人人受驱，人人不知何之，一巧而愈驱愈之，沾沾自喜，不复知愧矣。拙则不得不止，不得不愧，此元亮现身说法之旨也。愧非韩才，时代将易，英雄无聊。“冥报”二字，愤甚。淮阴侯能辅汉灭项，乃能报漂母。不然竟漂之恩，亦何繇报哉！板荡陆沉之叹，寄托于此。生不能伸志于世上，乃死欲伸志于地下，尚可得乎？果何物可贻哉？“贻”字冷甚。东坡以为真欲报谢主人，哀其口颊，抑何误也。[20]

黄文焕所谓“板荡陆沉”，也即另一位清代学者张谐之所说的：

> 陶公自以先世为晋辅，耻复屈身后代，自刘宋王业渐隆，不肯复仕，而以酒自晦。至是痛晋祚之亡，君父之变，遂以《述酒》名篇，而于《饮酒》、《止酒》诸作三致意焉。读者详稽时事，以意逆志，则知陶公之心，日月争光，而其情亦足悲矣。[21]

其实，早在梁代昭明太子萧统写《陶渊明传》时便有“自以曾祖晋世宰辅，耻复屈身后代，自宋高祖王业渐隆，不复肯仕”[22]之文，此盖为后世以“耻仕二姓”解读陶诗者所依据。我国的学者对于陶渊明的《乞食》诗所持意见，虽有上举两类不同的解读，而其间各家说法亦有大同小异之别，但无论如何，古今诸说都是立于同样的观点，即承认陶渊明是一位忠于自己的志向，由于有所不为而致贫困的可敬之士。

日本的汉学界对于陶渊明其人其文的认识，一般说来也和我国传统学者的看法大致相同。吉川幸次郎《陶渊明传》是以其诗文为骨干而写成的长文。[23]文中对于渊明人格的推崇，其文学的赞赏，以及其遭遇的同情，都充分显现了十分敬佩之心。关于这首《乞食》诗，吉川氏并没有多费笔墨讨论，只作翻译及诠释；既然没有提出异议，应可视为承认陶公有乞食之事。至于其后的《责子》诗，吉川氏亦取文字正面的解读，并未采黄文焕所谓“责子诗忽说天运如此，非真责子也。国运已改，世世不愿出仕，父子共安于愚贱足矣。一语寄托，尽逗本怀”[24]此寓意寄托之说。甚至于被萧统评为“白璧微瑕”[25]的《闲情赋》，吉川氏的看法也丝毫不犹豫，他写着："看似枯淡无欲的这位隐者，其实在另一方面，也正是最浓艳的《闲情赋》的作者。"[26]由此可见，吉川幸次郎对于渊明诗文里所表现的喜怒哀乐，所采取的态度是全然肯定的；然则，诗人偶尔乞食，也当不以为忤的吧。

狩野直喜在其《支那文学史》中评论陶渊明时，以为其人"决非外饰高尚之风而内实利欲深陷之清谈家流"。狩野氏认为《乞食》诗当为渊明晚年之作，并对此诗略有按语：

> 欲得食，始则口难出言，及主人出酒，乃乘兴而忘归，终至于忘其孰主孰客。其天真烂漫之趣味诚可喜，虽磊落不拘泥于外物，但己所不欲者，则一毫不取于他人；即檀道济悯其穷困而遣之以粱肉，亦却而不受，其操守可见矣。[27]

日本汉学界研究讨论陶渊明的人不少，多数与吉川幸次郎和狩野直喜的意见类近。岩波书局"中国诗人选集"中的《陶渊明》，由一海知义执笔。在《乞食》诗的注解里一海氏引清代古直语，谓："乞食，盖求县令也。"并附言："此可视为渊明一流的寓言。"[28]这一本陶渊明诗的选集，前面有一篇长序，详介诗人的生平思想，及人格文学，其中引录了日本明治时代的诗人石川啄木（1886—1912）在二十二岁时所写的汉文日记一段：

> 读渊明集，感多少。呜呼！渊明所饮酒，其味遂苦焉。醉酒，醉苦味也。醉余开口哄笑矣。哄笑与号泣，不识孰是真惨。[29]

以上所举三种日本学者的看法，无论吉川、狩野二位的正面肯定乞食之事，或一海的寓托之论，归根结底说来，都是持对渊明的人格正面推崇和褒誉的。不过，一九七四年日本放送出版协会（NHKブックス224）则出版了一本由九州岛大学冈村繁教授执笔的相当反传统的一本书《陶渊明：世俗と超俗》。在书后的跋文里，作者记述此书之撰写动机是，大学时代上已故斯波六郎教授的陶渊明课，对于一般研究陶渊明的动向产生了一种叛逆性的反感。[30]诚如此书的副题所标示的“世俗与超俗”，书中的内容最与一般陶渊明研究不同处在于冈村氏彻底推翻了传统学者（和读者）心目中的陶渊明形象，而重新呈现了一个充满极端矛盾，且世俗而自私的人。实际上，在书中冈村氏所用的词是“利己主义者”[31]。冈村氏指出，在《归去来兮辞》及《归园田居》、《归鸟》等许多诗文里，诗人虽尽情高歌回归田园旧居的喜悦；但在另一方面，如《饮酒》二十首之四的“栖栖失群鸟，日暮犹独飞。徘徊无定止，夜夜声转悲”，《咏贫士》七首之一“万族各有托，孤云独无依。暧暧空中灭，何时见余晖？”等等，其作品里有很多显现其寂寞孤独的语句。[32]用类似这样的方法，冈村氏在陶渊明的作品里列举许多不统一的心声情调，捻出《归园田之喜与悲》、《对“拙”的生活态度的自负与自嘲》、《贫穷与富裕的生活》、《清廉与卑屈》、《对死生的达观与执迷》[33]等等自相矛盾处，遂得出诗人对“固穷之节”未必奉为绝对生活信条的结论，甚至认为实为因为仕途不顺而故意强调在野生活的一种虚美之辞了。

书中冈村氏三次引用了《乞食》诗。[34]在书中第四章《隐逸生活》中的《饥饿与清贫》一节里于引《乞食》诗之前，有如下的论说：

他自己早已经划定贫乏的底线了。即无论如何都不至于沦落到“饿死”的地步，而在这个安全范围内，企图过所谓“固穷之节”的清贫生活，这样的如意打算。换言之，为了保持人我共同推许的高洁的生活，他自己设计好了清贫生活的最低界线；至于清贫生活所可能导致的“饿死”这种结局，则极力回避。然而，他现在正面临着清贫生活的最低威胁，遂以可见于《怨诗楚调》那种悲痛哀求之诗，求之于官僚界友人，以继续保持其清贫生活之物质援助。《有会而作》不消说，即连见于《乞食》诗前段的“饥来驱我去，不知竟何之？行行至斯里，叩门拙言辞。主人解余意，遗赠岂虚来”诸语中，亦可见他那种卑屈的，欲免于“饿死”的挣扎。这些都应可视为出自同样生活态度的言行。

冈村繁对于渊明之乞食，遂不寄予同情或哀悯，亦不加推崇与褒誉，却贬毁为狡猾、卑鄙，具有阴谋企图的言行。千余年以来，中日学者们所认识的那个温厚、清高、磊落、有骨气的陶渊明之形象，至此遂彻底粉碎，荡然不存了。James Robert Hightower的*The Poetry of T'ao Ch'ien*，在英译《乞食》诗（*Begging For Food*）的后面，有如下的按语：

论者（主要为陶必铨）都认为以一个诗人与哲人而乞食，有损其高尚品德，遂宁视此诗为寓托。谓陶潜实欲借此表明对晋室之忠心，且深感遗憾，终其一生无以报答。但此种论说，却没有充分的理由，何以不取此诗的正面含义呢？陶潜的作品，当然是可以基于他个人的某些生活经验的，此作便即是。此诗的末四句用了两个众所周知的典故，以表示心怀感激，但此二典故皆不适合陶潜当时的境况。《史记 · 淮阴侯列传》记韩信少年时穷困，且常受轻视，有一漂母怜而饭信数周。当韩信许以重报时，漂母怒称她原非指望任何酬报。但韩信后果为汉高祖麾下之名将，受封为淮阴侯。另一典故出自《左传 · 宣公十五年》，魏武子嬖妾之亡父鬼魂“结草以亢杜回”，报魏颖的故事，此为典型的冥报例子。由后面的这些细节看来，此诗寓旨含糊，不容易证实为讽谕之作。[35]

可见，Hightower是不赞成把《乞食》诗看作陶潜借以表达对晋室忠贞的讽谕之作。他强调：“陶潜的作品，当然是可以基于他个人的某些生活经验的，此作便即是。”（surely if anything in T' ao's works is based on personal experience this poem is）Hightower不但正面看待《乞食》诗，且认为此事并无碍诗人形象，这只是“个人经验”之一端罢了。

一九八二年六月，在美国缅因州召开的“汉到唐代诗学讨论会”（Conference on The Evolution of Shih Poetry from The Han to T'ang）中，当时执教于耶鲁大学的Stephen Owen宣读了论文《自我的明镜——诗之为自传》（The Selfs Perfect Mirror: Poetry as Autobiography）[36]在文前Owen引了曹丕的《典论论文》“古之作者，寄身于翰墨，见意于篇籍，不假良史之辞，不托飞驰之势，而声名自传于后”为楔子，谓中国文士自古重视三不朽——立德、立功、立言。传统史家则重视其为人之记录。至于史家纪传之来源，则往往来自私人的别集（collected works），就中尤以诗具有言志、言情之传统，故而常常被视为其人格之表征。诗人则又警觉到，自己将以诗章为后世所认识，遂必然会致力于经营，以证实其自我。从这个观点，Owen强调：“诗人所表露的不是他自己，而是他希望别人来认识的自己。”（A poet reveals himself not as he is, but as he wishes himself to be seen.）Owen这篇论文并不是专为《乞食》诗而发，其所讨论之范围系涵盖面更广大的“自传诗人”（The poet auto-biographer）的“自我意识”（self-conscious）问题，不过，论文的前半段都举陶渊明为典型例子进行讨论，所引诸诗如《归园田居》《移居》《饮酒》《止酒》及《乞食》，也都是陶诗之受人注意者。至于Owen对陶渊明形象的看法，则是与冈村繁的看法同中有异。基本上，Owen是怀疑“文如其人”的。他说：

> 也许，陶潜并不是如同那个我们所爱的知足的隐逸农夫；而是另一个痛苦地自省，未能确知究竟自己是谁，自我挣扎着，想赢得知足的隐逸农夫形象的陶潜。

在这篇论文中，透过陶诗所得到的印象是：“我们所看到的陶潜——隐逸农夫，并非陶潜的完整形象（the complete definition of T’ao Ch’ien），亦非一具假面具，却是他自己所耿耿于怀的典型（It is the T’ao Ch’ien that he himself would wish to be）。”Owen特别强调他要避免使用“假面具”（false mask）之词，而选用“角色”（role）一词。此意味着他并不是指陶潜存心以其诗篇欺瞒后世读者，给自己戴上不真实的假面具，而只是十分谨慎地下笔作诗，希望透过那些文字，能够让大家认识到一位他自己心目中所期许的典型——高尚其志而知足的隐逸者。

因而，Owen笔下的陶潜，并不像冈村繁所指出的那样子充满矛盾而又狡猾多阴谋。但是在某种程度上而言，却仍是一个相当汲汲于营取身后清誉的有心人物。

由于我国古今学者对《乞食》诗向来讨论得很多，所以我用了比较大的篇幅来介绍其中最主要的两种观点：一是正面看待陶渊明有“乞食”之事的，另一说则认为“乞食”非真有其事，而是陶渊明借以寓托其心志之作。不过，无论“乞食”事之有或无，大家都是尊敬其人，推崇其品德的。至于外国学者们研究陶诗，讨论其人格形象，大部分也是不超过此范围。[37]直到日本学者冈村繁教授大异于前人（无论中、日两国之前人）之说于一九七四年出现，才令吾人大感讶异。事实上，日本学界亦有人对冈村氏之说持反对意见的。[38]与冈村氏之说相比，Owen教授的观点便没有那么大的震撼性了。但无论如何，他指出渊明对于自己的形象“耿耿于怀”，并且是一个“汲汲于营取身后清誉的有心人”，也让我们多少感觉有些不习惯的地方。

其实，我国古今学者，无论看待“乞食”一事之有或无，甚至于包括外国学者冈村繁及Owen在内，都不应该忘记写《乞食》诗的陶渊明和你我同样都是一个血肉之躯的“人”。人总是不得不先顾衣食温饱的最起码的活命条件。是人就必然会有生老病死、悲欢哀乐的基本（而且是正常）的感受。换言之，当一个人受寒挨饿的时候，会渴望温暖与饱足，乃是极自然的事情。一千六百多年前的陶渊明把他的穷困生活诚实地写成了诗篇，遂有“夏日常抱饥，寒夜无被眠”（《怨诗楚调示庞主簿邓治中》）、“量力守故辙，岂不寒与饥”（《咏贫士》七首之一）等等极坦白的诗句。梁启超形容诗人的隐居躬耕生活，称道："他不惟不苦，而且可以说是世界上最快乐的一个人……自然界是他爱恋的伴侣，常常对着他微笑。他无论肉体上有多大痛苦，这位伴侣都能给他安慰，因为他抓定了这位伴侣，所以在他周围的人事，也都变成微笑了……因为这样，所以什么饥咧寒咧，在他全部生活上，便成了很小的问题。"[39]这些话未免太忽略陶渊明之为人的基本需求，而把他偶像化，甚至神格化了。相对于梁启超之过分强调渊明歌咏大自然诗篇的美，而忽略（甚至故意不去面对）其十分人间性的部分，冈村繁及Owen则是强调了渊明诗中的矛盾和苦恼，甚至放大了他的矛盾和苦恼，所以才会得出另外一种完全不同的结论来。

我自己看待这个问题时，宁愿以单纯的心情来感受。检视整个陶集，再回头来看《乞食》，或许能够见到一位更真实的诗人。我们所面对的是一位自自然然血肉之躯的人，因而他秉具了一般人的情欲本性，饥则索食，也不足为过；但他仍然比一般人高了一层，因为他处乱世，退而求其次，选择了独善其身的隐居生活，他也有矛盾、也有痛苦，却不断以先师先贤的遗训策励自己，并且坚持了下去。他把自己日日生活的见闻感思保留在文字里，成为一位举世所亲近和尊敬的人物。

以上，我大部分举用大家所熟悉的陶诗为例，并且参考了英文及日文的数据来探讨平时我们比较少费神思考的问题。有时候，只是关于一个名词的问题，或者是一个动词的问题，甚至"省略的主词是谁"等等"细琐"的问题。这些用我们本国的语言来解释本国的文学时[40]，原本一点都没有问题，或看似没有问题的地方，经由外文的翻译，却有时会意外地让我们重新反省深思，而有更彻底的了解。至于外国学者的研究角度，固然可以供我们补充一些盲点或忽略之处，但有时亦不免于失诸偏颇或矫枉过正之虞，但无论如何，检讨得失及其缘由，也是可以让我们多一层重新思考，而反驳、修正，或加添信心的机会。

原载《联合文学》二八八期，二〇〇八年十月

注解

1.丁福保《陶渊明诗笺注》，卷一（艺文印书馆，1969），38～41页。

2. James Robert Hightower, *The Poetry of T'ao Ch'ien*（Oxford: Clarendon Press, 1970），pp. 39～40。

3. Burton Watson此文收入*The Columbia Book of Chinese Poetry* (New York:

Columbia University Press, 1984）。

4. 王叔岷《陶渊明诗笺证稿》（艺文印书馆，1972），67页。

5. *Classical Chinese Literature: An Anthology of Translations*, volume 1 (Hong Kong: The Chinese University Press），723页。

6. 同注5，p. 744。

7. *300 Tang Poems: A New Translation*（Hong Kong: The Commercial Press, 1991），p. 124。

8. 诗中之“景”字，为“影”字之省文。即“鸟的身影受庇于树的清荫”。

9. 同注1，卷三，110页。

10. *Translations from the Chinese*（New York: Alfred A. Knopf, 1941），p. 83。

11. 同注2，p. 130。

12. 同注3。

13. Yu Kwang-chung（余光中）：*Impersonality in Poetry: A Second Thought,* Renditions No. 7 (Hong Kong: The Chinese University of Hong Kong, Spring, 1977)，p. 68。

14. 收入《吉川幸次郎全集》七（筑摩书房，1978），293页。

15. 同注1，卷二，59页。

16. 同注4，卷二，127页。

17.《陶渊明诗文汇评》（明伦出版社，中国古典文学研究丛书），66页。

18.《东坡题跋》（世界书局，《宋人题跋》上，卷二），39页。

19.《蒉江诗话》（明伦出版社，中国古典文学研究丛书，陶渊明诗文汇评），70页。

20.《陶诗析义》（明伦出版社，中国古典文学研究丛书，陶渊明诗文汇评），67页。

21.《陶元亮述酒诗解》（明伦出版社，中国古典文学研究丛书），210页。又渊明曾祖父陶侃为晋名将。

22.《全梁文》卷二十昭明太子（世界书局），10页。

23. 同注14，293～444页。

24. 同注17，212页。

25.《陶渊明集序》（明伦出版社，中国古典文学研究丛书，陶渊明研究资料汇编），9页。

26. 同注14，293页。

27.《支那文学史》（みみず書房），423页。

28. 一海知义《陶渊明》（岩波文库，中国诗人选集，第四卷），169页。

29. 详见《石川啄木全集》（筑摩书房，第五卷），173页。

30. 冈村繁《陶渊明：世俗と超俗》（日本放送出版社NHK ブックス，1974），234页。

31. 日语之中“利己主义”是一个普遍流行之词，指自私自利；“利己主义者”，谓自私自利的人。

32. 参见拙著《陶谢诗中孤独感的探析》，收入三民书局《山水与古典》，67～97页。

33. 同注30，65～96页。

34. 首次在72页，第二次在80页，第三次在182页。

35. 同注2，62～63页。

36. Stephen Owen此文已收入*The Vitality of the Lyric Voice*（The Princeton University Press, 1986），pp. 71–102。

37. 我所参考的外文论著虽仅限于英文和日文，但事实类此。

38. 京都大学矢渊孝良发表于《中国文学报》第二十五册的书评，90～96页。

39. 此二段文字俱见《陶渊明之文艺及其品格》（商务印书馆，国学小丛书，《陶渊明》），19页及20页。

40. 在此，我不愿将“本国的文学”的范围局限于古典文学，因为现代文学的情况亦复如此。

一九七〇年，平冈武夫先生在神户郊外。（林文月提供）

# 平冈武夫教授的《白居易》

林文月

一九三三年生於上海，台湾彰化縣人。一九五九年至一九九三年任教於台湾大学中文系，曾於美国華盛頓大学、史丹佛大学、加州大学柏克萊分校、及捷克查理大学擔任客座教授。現為台湾大学名誉教授。已出版学術論著有《中古文学論叢》等三種、傳記《謝靈運傳》等二種、散文集《京都一年》、《遙遠》、《午後書房》、《擬古》、《作品》、《飲膳札記》等十餘種、翻譯有《源氏物語》等三種。

三十多年前（1969—1970）我曾经获得台湾科技事务主管机构的遴选，到京都大学人文科学研究所做外籍研修员。依照手续规定，需要一位当地的指导教授。当时我并不认识平冈武夫先生，只因为我的老师台静农先生和屈万里先生的介绍，他便答应了做我的指导教授。那一年，平冈先生六十岁，他的研究室就在人文科学研究所的一楼，他不但帮助我完成相关的手续，使我可以在二楼“人文”的图书馆借阅书籍，方便论文的撰写，而且像一位长辈那样地关切我的生活，令首次独处异乡的我得到无限的温暖。京都大学人文科学研究所有一种聚合各不同研究领域学者参与讨论的“共同研究讲座”传统。当时的“白居易共同研究讲座”是由平冈先生主持。他邀我参加，使我体验到日本汉学界认真而深刻的研究精神。当时他在京都大学教授“论语”的课程，也特别让我列席旁听，因而得以目睹他作为老师的严肃之中又具和蔼的一面。这些都是我在京都一年里的意外收获。

虽然一年之后我便离开了京都，但我和平冈先生一直都保持着通信联系，而每次有机会到日本开会或旅行访问，我也都会尽量去探望他，所以有新的著作，便会互相赠送。三本“白居易共同研究讲座”的成果《白氏文集》和平冈先生自己所撰写的《白居易》，以及《论语》，便是在其后的时间里，他陆续寄赠予我的。今天，我想挑选其中的一本《白居易》，来作为此次的演讲内容，希望能够传达我对一位日本汉学家平冈武夫教授的一点认识和怀念。

平冈武夫教授一九〇九年出生于大阪市。经大阪府立今宫中学、浪速高等学校，一九三三年毕业于京都大学文学部哲学科（专攻支那哲学史）。其后，留学中国，跟从顾颉刚等名师深造。返日后，聘为东方文化研究所（今之京都大学人文科学研究所）研究员。一九六〇年任京都大学教授、一九六五年为东洋学文献中心主任、一九七一年任京都大学附属图书馆馆长。一九七三年退休，转任为日本大学教授。一九八三年被推选为日本学界最高荣誉之学士院会员。他初事小岛佑马，研究儒家经典，著有《经书の成立》、《经书の传统》及《汉字の形と文化》等等论著。其后，转而关心唐代文化，于一九五四至一九六五年间在京大人文索引编辑委员会主导《唐代の历》、《唐代の长安と洛阳》等等系列的《唐代研究のしおり》十册，嘉惠唐代文史研究者，贡献极大。又在人文科学研究所多年主持《白氏文集》为对象的共同研究，其成果亦由京都大学人文科学研究所刊印出版。一九七一年以来，每年出版一册《白氏文集》校注本，其第三册校注本，是配合了先生的退休，于一九七三年出版的。至于平冈先生自己所撰写的《白居易》，则于退休之后的一九七七年完成。

《白居易》是平冈武夫教授为日本筑摩书房的“中国诗文选”系列选集所撰写的一本白居易传记。为编号十七，出版于一九七七年。筑摩书房这一套选集，当年是由吉川幸次郎及小川环树所监修推出，网罗了全日本汉学界各领域的代表学者执笔。除吉川幸次郎及小川环树二人自己也各撰写一本书，[1]又合著《中国の诗文》外，尚邀请有清水茂、兴膳宏、入矢义高等重要学者参与；而推举平冈武夫来写《白居易》，可说是最恰当不过的人选了。平冈先生撰写这本书的时候已年近古稀，如前所述，他个人的重要著述《经书の成立》、《经书の传统》、《唐代研究のしおり》等书已经先后完成，《白氏文集》校定本三册，也已接续面世。事实上，他对于白居易研究的单篇论文有一九五七年的《白氏文集の金泽文库本、林家校本、要文抄本、管见抄本について》（《神田博士还历记念书志学论集》）、一九六〇年的《白氏文集と东急本》（《かがみ》三）及《白乐天の诗文と吴郡志》（《福井博士颂寿记念东洋思想论集》）、一九六一年的《白乐天の诗と临安志》（《冢本博士颂寿记念佛教史学论集》）等等，他退休以前几乎每年都有与白居易相关的文章发表。其中有与其人的家庭生活相关者，如《白居易とその妻》（一九六四）、《白居易の家庭环境に关する问题》（一九六四），也有探讨其人思想者，如《白居易の奴婢解放》（一九六四）等等，此不一一记录。平冈先生对于白居易其人、其时代，以及其相关事项，早已经具备了全面性非常深入且广博的认识。虽然日本汉学界也还有其他学者可以出任此撰写白居易传记的任务，而事实上，在不同的出版社所编辑的各系列“中国诗文选集”中，也有不同的人撰写过不止一本白居易的传记，但是平冈先生所撰写的这本白居易传记是十分特殊的。

这本《白居易》，系三十二开本，全书共三百二十八页，另附“大明宫图”（引自《唐代の长安と洛阳》地图篇）、“长安城坊里图”及“藩镇图”。而书前有十一页的长序，后有“白居易略年谱”、“参考文献”与“引用《白氏文集》篇目表”。全书分为十二个章节，但未标出字数顺序，依其排列先后为：

自叙传之撰写

白居易与元稹

白居易的官途

元稹的任官与左迁

白居易的辩护——论元稹第三状

送左迁之友

和答诗十首及其序

和思归乐诗

答四皓庙诗

白居易的生活

宰相武元衡暗杀事件

江州左迁与诗魔的发见

序文开始的第一句，写着："跟白居易交谈是愉快的。"类似的话，平冈先生在三册《白氏文集》校定本的序中也重复过：

第一册："我想跟白居易交谈。想用心读他的文集，找好的版本。"[2]

第二册："我要和白居易继续交谈，这次是取他的散文。"[3]

第三册："跟白居易继续交谈，到此已是第三册了。共得三册，想以此为目前的校定事业暂告一个段落。长期以来持续的共同研究，也将于今年结束了。"[4]

其实，写第三册的一九七二年，平冈武夫教授在结束他多年来主持的“白居易共同研究”时，像是告别多年交往的老友，他的心情是相当落寞的，文笔是带一些感伤的。在序文的最后，他特别记下：

一千九百七十二年　白居易诞生满千二百年之岁　其十二月十一日　于人文科学研究所　搁置报告之笔。[5]

当时，平冈先生也许尚未料想到五年之后，他竟然又因为受邀为筑摩书房的“中国诗文选”系列撰写这一本《白居易》，而能够再度和他所心仪的传主白居易紧密接触交谈的吧；这本传记便是作者在似与老友重逢的愉快心情下完成的。

平冈武夫教授是在愉快的心情下完成《白居易》的。然而，这本传记却绝对不是一本容易读的书。作者以他对于传主及其时代背景所具有的深入而广博的知识，凡行文必引经据典，详为之考证，写得非常严肃认真，并且刻意避开了传主为众人所熟悉的部分，特别从比较不寻常的角度切入。这是因为平冈先生在撰写此书的数年前刚完成多年以来的《白氏文集》校定工作，他对于白居易的版本异同既熟悉又敏感，而在更早时期所编著的《经书の传统》、《唐代研究のしおり》等，则成为撰写此传记的基盘之故。事实上，白居易其人及其诗章，千二百余年以来，不仅在中国当时及后世都是家喻户晓；其作品更因早在其生存的当时便已东传于日本，造成朝廷贵族间传颂流行，甚至对于其文学也有颇重大的影响力。[6]至于日本民间，则对于白乐天更是敬爱有加。试举一例为证，京都七月盛事“祇园祭”，有轿舆游街而行，其中便有一辆是供奉白居易的，称为“白乐天”。故而实际上，白居易在日本形成雅俗共赏的程度，或者可说是更甚于中国了。白居易其人及其作品既然广受爱戴和熟悉，并且学界研究者相关的著述已经有不少，平冈先生要在此情况之下更出一本新书，其实是很不容易的。他在序文中说：“《白氏文集》七十一卷、共三千六百七十首。但如果加上我们从古文献中所得到的补遗作品，今日白氏之作品可达三千八百首，已略具其全数了。”[7]这里所称“我们从古文献中所得到的补遗作品”，是指他在“白居易共同研究”所得到的成果，而在序文内他也用了相当大的文字比重说明校勘所用的各种版本问题。在三千八百首这样多的作品中，如何选取素材、决定写作方向呢？平冈先生说：

> 每一篇都具有其语言魅力，从每一篇都饶富其人生意义的三千八百首中，我为此“中国诗文选”选取哪些篇章呢？《秦中吟》、《新乐府》、《长恨歌》、《琵琶行》，确实是唐代文学的杰作，也是白居易的代表作品。关于这些作品，已经有很多人为之译注、解释了。白居易是杰出的诗人，我也爱诵读他的诗篇，然而白居易的文学却不限于诗的领域，他同时也是杰出的散文家，赋、志铭、祭文、制诰、诏敕、奏状、书翰、策、判等等，于散文的各种领域，他都振健笔、示见识。当时的人很尊重他的这些作品，视为作文之典范。从量的方面而言，其散文作品也占着《白氏文集》过半的篇幅。作为散文家的白居易，被诗人白乐天的名声所遮蔽着，这是一直令我感到遗憾的事情。因此，承担《白居易》之初，我便想要凸显其决不输给诗章的散文作品了。首先，我选择了《与元九书》。那是他的文学自叙传，是他以热情书写自己的文学观及实践的重要作品。

我完成了译注工作。当时，我的关心已从那封信本身，转为导致写此信的白居易的状况、与被选为对谈对象的元稹的关系，以及元和十年这个时间点、江州这个地点等等问题。于是，我决定要将焦点置于写自叙传的白居易，来作为选择其作品的标准。将他的成长、科举的考试制度、他所经历的中央及地方官途、这期间的家庭事情、当时中央政府和地方政权之间的对立等等问题，借白居易其人书写出来。在此所显现的白居易，可能会与大多数人所认知的诗人白乐天的印象相违。但那些印象，会不会是由于受到诗人之名的抽象概念所引起呢？生于唐代的白居易，其实际形象，应当是如此书所写的才对；而如此，才会更有助于认识白居易的文学，乃至于认识更广大的唐代文学吧。[8]

平冈先生的《白居易》，在他的慎重构思之下，遂有三大特点：

（一）以元和十年，白居易四十四岁时所写的《与元九书》开首，向前推至其出生、家世，及其生长背景；向后叙述到此书信写成大约两年之后的元和十二年，白居易发现“诗魔”一词以形容自己对文学的执着。换言之，这本传记不像一般人所遵循的传记书写方式，将传主从出生到死亡，完整地呈现出来。作者是有意只摘取其作为文人的一个重要片段，来详述其人的生活与思想、感情。

（二）白居易的身世与一生事迹之中的最重要片段，是在与其至交元稹的身世、事迹相互重叠之下书写出来的。换言之，在这本书中，白居易的生平事迹，是在与元稹的生平事迹或并行、或交错的情况之下展开来，而不是只单独地叙述交代传主一人而已。

（三）文中以白居易的散文为主要叙述引用的数据，而对于其脍炙人口的《秦中吟》、《新乐府》、《长恨歌》等诗篇名作，则反而避开，而且对所引文字，多所校勘和讨论。

由于在序文里已经说明了此传记写作的方向和用意，所以在传记本文部分，平冈先生便直接从元和十年（八一五），白居易四十四岁之年在江州浔阳写《与元九书》这件事开始。这一封近三千二百字的长信，是写给元稹的。平冈先生认为这封信其实是一篇白居易的文学自叙传，显示了在那个持殊的时间和地点，他对自己的人生和文学作了一个回顾，并且思欲有所超越的决心。至于元和十年何以对白居易的生涯发生了这样重大的事件呢？这就有需要向《白居易》的读者作个交代了。平冈先生用这样的特殊方式起笔，实在是非常别致巧妙的安排。于是，他将传笔顺利而直接地带入白居易写给元稹的那一封《与元九书》，也引用了此信的起首几句：

月日。居易白。微之足下。自足下谪江陵至于今，凡枉赠答诗仅百篇。每诗来，或辱序，或辱书，冠于卷首。皆所以陈古今歌诗之义，且自叙为文因缘，与年月之远近也。

由于这本《白居易》是写给日本读者阅读的，故而原文之后并列日文训读，接着还有解释。只是平冈先生的解释极为细腻周详，有如一位尽责的老师在课堂上对学生上课一样。而事实上，他也是终生献身于教育的一位学者，他认真而严肃的教学态度，无意间已充分流露于行文中。对于我个人而言，多年前旅居京都而得旁听先生讲授“论语”时，亲身体验到他一丝不苟地认真为学讲课的情形，更经由这些文字而一字一句，又历历如在眼前，备感亲切，也令我无限思念了。

在解释完这几句文字之后，平冈先生补充说：元稹被左迁于江陵，是在元和五年（八一〇），而白居易写此《与元九书》是在五年之后自己也被贬江州时的事情；但何以信一开始，白居易就从好友的左迁之事谈起呢？在此，遂有必要稍及于笼统提到元、白交往的过去，以及二人一向互赠诗文、相为关怀的事实。然则，元稹之被左迁于江陵、白居易之被贬于江州，又是怎样引起的呢？遂有对《与元九书》之写作背景细说从头的必要。这一章节的题目称为“自叙传之撰写”，文字虽然很短，仅有三页多而已，但是却为作者将元、白二人的过去，以至于前后被贬、左迁之事，有必要交相重叠叙说的原因，作了一个说明。

接下来题为“白居易与元稹”的第二章，开始用倒叙之笔写二人之身世与成长背景。然而在《白居易》这样一本传记里，出乎读者意外的，其内容并不是处处以传主为优先。比如在此，起首的两行文字：

> 白居易，字乐天，居易为其名。
>
> 元稹，字微之，稹为其名。字即其称呼。

接下来的文章，是在两者相互比较之下运笔的。元、白二人同为寒族出身，并且都有胡族的血统。在此，平冈先生对于元稹为鲜卑人之后，着墨尤其多。不过，整体而言，对于元、白二人年少时期的叙述，似乎有意避免多所形容。这一点，大概是因为作者是想要把著书的重心放在他们之间相识以后的缘故吧。因此虽然在《与元九书》文内，白居易自述其少小最著称的一段文字：

> 仆始生六七月时，乳母抱弄于书屏下，有指无字、之字示仆者。仆虽口未能言，心已默识。后有问此二字者，虽百十其试，而指之不差，则仆宿习之缘，已在文字中矣。及五六岁，便学为诗，九岁，谙识声韵，十五六，始知有进士，苦节读书。二十已来，昼课赋，夜课书，间又课诗，不遑寝息矣，以至于口舌成疮，手肘成胝……

这些较为人所熟悉的趣事，并未被纳入传文之中。因为平冈先生从一开始便打算要认真写一本严肃的书，而不是琐碎有趣的书。他是想要把自己一辈子赏读白居易、研究白居易所认识的这位唐代文人通过其文章、知交元稹而呈现于读者面前。

元稹少于白居易七岁。二人之相识，始于贞元十九年（八〇三），同中科举书判拔萃科，又同获为秘书省校书郎（正九品上）之官职。那一年，白居易三十二岁，元稹二十五岁。平冈先生认为寒族出身的二人，能在他们的一生中展现才能，跻身于政治界，端赖唐代有提供天下苍生公平竞争的考试制度，所以他十分重视这一部分，引用了《唐六典》，以及他自己所著《经书の成立》、《经书の传统》等书文，以说明其事。在此，并且把白居易当时的考试答案特别录出，[9]同时也并列训读，又详为之解释。本章节的内容，较偏冷涩。在后世一般人的眼中，对于传主的这些文章并不甚注意，但平冈先生却十分重视，他写着："所幸，白居易的试卷留传下来了。"[10]行文之间仿佛可以想象平冈先生执笔之际兴奋的表情。与白居易同时应试的元稹的试卷也留传下来了，虽然在此平冈先生并未予载录，但仍附笔说明其文可见于《文苑英华》（卷五一二），并且大体介绍了其内容。这一段文字内，不但言及元、白二人的应试，更举出当时主持考试的吏部侍郎郑珣瑜，赞扬其人的公正无私，认为好的考官能为国家发掘好的人才。在本章的结尾处，平冈先生更进而论述：后世往往批评科举的弊害，但唐代科举是通过书、诗、赋、策及其他文类，以为衡量识别一个士人的世界观、教养、品德、能力的一种方式。那时代的人所求之于执政高级官僚的，是以文为根底的理念与品味的人。而要使以文取人的科举制度能够发挥充分的效果，则端赖真正好的试官。"只会机械式地统计的人、不公不正有私心的人、教养与见识低于应试的人，都不堪胜任其职。"[11] "贞元十九年的吏部侍郎为郑珣瑜。此人是正义之士。不以私事请托于人，人亦不以私事托之。"[12]虽然这些话是用以称颂元、白二人应考当时的主试官郑珣瑜，借古以喻今，却也充分显现出平冈先生自己守正不阿的人格。在这一段文字里，我们可以深刻地感受到作者是通过白居易（其实是元、白二人并举），以评论他对于整个唐代文官制度的肯定。

借唐代科举考试制度，平冈先生简单叙述了元、白二人所以得由寒族子弟出身，凭借个人的学识才华，得到为国家所用的机会。接着，便着墨于二人的官途。他们不但同年考得进士及第，又同获为秘书省校书郎的官职。在以下的两个章节里，以先白（《白居易的官途》，38~91页）后元（《元稹的任官与左迁》，92~131页）的顺序，分别叙述了他们个别从贞元十九年到其后三十年间的公私生活。特别强调初涉官场的二人，由于同在比较闲适的校书郎官职三年，共居于常乐里，在朝夕得与书籍为伍的生活中，培养出他们日后深厚的友谊。三年之后，元、白二人又先后移居于华阳关同住，准备应制。白居易在《策林序》中言及此事："元和初，予罢校书郎，与元微之将应制举，退居于上都华阳关，闭户累月，揣摩当代之事，构成策目七十五门。"其后作千字长篇《代书诗一百韵》赠送于元稹，也回顾二人在校书郎时期亲密的交游，而元稹也有《酬翰林白学士代书诗一百韵》。充分显示着他们二人的深厚友谊实建立于文章知己的要素。制科结果，在"才识兼茂，明于体用"科十六人中，元获得首席，白列第四。其后，白居易历畿县尉、集贤殿校理、翰林学士，而左拾遗。平冈先生对于前三职，着墨不多，于左拾遗期间，则举列《初授拾遗献书》及《论制科人状》二文的重要部分，且详细为之解释，以凸显白居易自己对此官职的重视和其人忠直的性格。在这节文字的最后，作者写着：

此《论制科人状》，系白居易任左拾遗初之谏言，颇值得吾人注意。谈到讽谕，于其文学论璀璨实践之代表，为他自己所承认，而吾人亦认为是他杰作的《秦中吟》十首、《新乐府》五十首，我也极想要叙述。但我不能只是关注白居易，在此，也需要请元稹来登场。观察这两人的交谊，原本就是此书撰写的主要目的。有关《秦中吟》、《新乐府》，已经有许多著述了，在此我就不再赘言罢。[13]

可以想见，平冈先生对这些后世传颂的最具代表性的名作应也有许多意见的，然而为了维持自己所定下的写作角度，不得不割舍了。

于是，以“在白居易任职为左拾遗、翰林学士期间，元稹是如何的呢？”这样的一句话开始，接下来便转入元稹的故事。对于元稹的叙述，所费笔墨几乎与传主相当，盖因作者在此书一开始便提出《与元九书》，而白居易所以写此信，是由于先收到元稹贬居江陵时以《思归乐》等十七篇凡五六千字的诗章相赠的缘故。为了说明二人书信来往的背景及其用意，遂有对二人个别的故事从头交代之必要。

元稹的宦运在开始时似较白居易为如意。相对于白居易之经历盩厔县尉、京兆府试官、集贤殿校理、翰林学士，三年之后才授左拾遗；元稹在制科及第后便直接就任为左拾遗。元稹秉性刚直，出言为文激烈，与白居易之温和有别。不久出为河南尉，历监察御史、转勤东台分司、召回长安，终因执法太严厉，又得罪宦官而被贬于江陵。

为至友之左迁，白居易仗义执言，再三上奏抗议。平冈先生为此特设《白居易的辩护》一章，引用其《论元稹第三状》，并且参证《旧唐书》、《新唐书》、《资治通鉴》及《册府元龟》、《白氏文集》等资料，逐字逐句解读。为元、白二人之交谊，这样的书写方式，当然比抽象的泛论更具体有力得多。《论元稹第三状》在白居易文集中也并不是特别受人注目的作品，但此文充分显现其人富于正义感和他与元稹的友谊，故而平冈先生刻意选择此文作为本章节的骨干。值得注意的是，在引文的末端“五年三月十五日进”八字侧有旁注小点。

平冈先生在引文后面的解释里特别写着：

> “五年三月十五日进”，此日志对于了解整个事件的动向，是极为重要的资料。此八字不见于中国刊本，今据传承于日本的旧钞本补之。[14]

他所谓“日本旧钞本”，系指遣唐使时代日人从中国携带入日本的唐代钞本。关于《白氏文集》的校勘，平冈先生几乎投入了他毕生的精力，并在人文科学研究所主持“白居易共同研究”，其成果在撰写此传记以前已经出版了三册，而在那三册《白氏文集》里，各有长序，总计近九万字。序文内详细说明校勘所使用过的古今中、韩（高丽）、日三地的各种钞本和版本的异同优劣，乃至于如何获得那些可贵版本的经过情况。在第一册的序文一开始，平冈先生就写着：“我想跟白居易交谈。想用心读他的文集。找个好的版本。”可见版本的选择，对他而言是很重要的。即使在这本《白居易》传记的前序中，平冈先生还是把有关版本问题的九万字浓缩为二千余字提出，而在本文内，凡引文有版本异同处，都有所说明和交代。这使得此传记的学术性特别浓厚，颇有别于一般的文学传记。

此传记的另一个特色是，对于文中所提到的地理位置，考证极为详细。例如在次章《送左迁之友》里，平冈先生引《元和郡县志》，指出长安与江陵之间一千三百七十里。白居易送别元稹，自长安靖安里、宣平里，到新昌里，路途约计二千七百步（唐代的一步相当于1.47米）[15]，二人并辔而行，不满四千米。而白居易在《和答诗十首序》记当时称：“自永宁寺南，抵新昌里北，得马上语别，语不过相勉保方寸外形骸而已，因不暇及也。”平冈先生认为四千米路，即使时间不多，亦当不至于“不暇及”，遂推测其所以如此，盖因离行的元稹心中充满了愤怒与悲情，送别的白居易心中亦同样充满愤怒与悲情，故而默然不多语。平冈先生也曾经花费多年时间研究有关长安的历法、坊里地图等而撰成《唐代のしおり》。他所主持的“白居易共同研究”，更是汇聚了文学、历史、历法、地理等各种不同领域的专家学者参加，逐字逐句讨论《白氏文集》的内容，因此看似普通的几句话，竟可以作出这样有力的饶富科学依据的合理推论。

类似的例子又见于后文《宰相武元衡暗杀事件》中。元和十年六月三日天未明时分，宰相武元衡于上朝途中遇刺。对此事，平冈先生用了大约八百字的篇幅去推测其准确的时间。首先他说明当时的官吏须于五点五更进入大明宫的建福门。然后依历法及地理经纬度推算，当天长安日出时刻为四时五十四分、日入为九时十一分，故五点五更大约在三时五十七分。在编撰《唐代の历》时，平冈先生曾经对开元元年（七一三）的每个月分，每隔十日，依长安地区的时间，算出了其日出、南中、日入的时刻。武元衡的宅邸在靖安里，从他的宅邸出里东门，到大明宫建福门，需经八个坊里，横越其间九条街道约四千步（六千八百米）。衡量其间马速，虽是阴历六月三日（相当于阳历七月十三日），天亮得早，但究竟他上朝途中仍是暗黑的。这样的时刻对刺客当然有利。平冈先生于白居易的传记中运用了这许多既有的研究成果，不放过任何枝节，这种认真考证的精神，实在令人惊讶且不得不钦佩！[16]

平冈先生为学的态度一丝不苟，讲究言出必有依据。这在他写作论文或课堂上授业，甚至于平日言谈中也都表现出来。一九九五年五月他过世后不数月，有高足筧文生写了一篇深情感人的追悼文《对“物”的关心》，于许多的琐细往事回忆先生为人及做学问，在结束处写着：“如今，先生道归西山后，愈感禀受学恩之大。利用史料时，要尽量根据善本，史料要尽量旁征博引，地名必须据地图确认其所在，遇到物名必须探究其为何物。这些都是先生以身作则，教授于我的。”[17]

长安别后半月，到达江陵任所的元稹，将途中所作十七首长短诗，凡五六千言寄给白居易，令受者既感动且惊喜，遂展开了大量的诗文往返和答。左迁虽是宦途一大挫折，却使元稹转而将其精力专注于文学，而展现了很大的进步。平冈先生认为展卷读诗篇的白居易至此领悟到自己有了一位可亲的“诗敌”。不过，此传毕竟是为白而立，所以无法更细说元诗的进步情形。故而特设《和答诗十首及其序》、《和思归乐诗》、《答四皓庙诗》三章节，从实际观察比对二人来往的诗篇，具体展现了中唐最著称的这一对文坛至交，其个性、其感情，以及其文学观。至于白居易所写的《和答诗十首序》，由于最能显现二人之间坦然讨论文学的事实，所以也有详尽的解释。事实上，此序文的字字句句都是率性感人的。其结尾处如此：

> 顷者在科试间，常与足下同笔砚。每下笔时，辄相顾共患其意太切而理太周。故理太周则辞繁，意太切则言激。然与足下为文，所长在于此，所病亦在于此。足下来序，果有词犯文繁之说。今仆所和者，犹前病也。待与足下相见日，各引所作，稍删其烦，而晦其义焉。余具书白。

《和答诗十首及其序》、《和思归乐诗》、《答四皓庙诗》这三章文字居于全书的中段（166~245页），而且文字的分量相当重。一方面是作者不想只写一本平稳寻常的传记，乃是要彰显传主的文学特色。尤其一开始便提出《与元九书》那样一篇与普通书信很不相同的文章。事实上，那是一篇非常具有自叙传成分的文学宣言。而白居易之所以会写出那一篇长信，以及其所以选择元稹为写信的对象，是因为受到至友于贬谪江陵途中所作十七诗，并引发二人互相酬和、激励讨论文学，有深切关系的。而作为此书读者的我们，至此也才恍然明白平冈先生何以要辛勤带着我们绕这么一个大圈子来看元与白的背景，尤其是他们二人相遇相知的过程了。因为要读白居易的文学宣言《与元九书》，没有这许多的预备知识，是无法真正了解其内容，以及其写作动机的。

直到全书末段大约三分之一的部分，才从二人的诗章酬和，回到“白居易的生活”。自全书的结构来看，先元后白，换言之，表面上传主的故事似乎反退居次要部位。然而事实上，对于白居易的生活，和《与元九书》关联不深的部分，本书只作梗概简单的交代，并未予详述。因此，此书在传主四十四岁之年写《与元九书》的元和十年便结束了。白居易享年七十五岁，在中国古代文人中算是长寿的，但平冈先生把传主四十四岁之后的故事布置在书后的“白居易略年谱”中，让读者自己去看。而且，在略谱之中，元稹的出现率也还是相当频繁的。同时，在后文有限的篇幅内，平冈先生对于传主的生活，主要把握的有三部分：一是白居易为奉养寡母，上书《陈情状》，由从八品上的左拾遗改为正七品下的京兆府户曹参军。二是卷入了宰相武元衡的遇刺事件而被贬为江州司马。三是被贬后写《与元九书》，以及回顾自己的一生而发现"诗魔"之称。

于自请降位奉母部分，平冈先生引用了《陈情状》，其中有句："……臣母多疾，臣家素贫。甘旨每亏，无以为养。药饵或阙，空致其忧……"又引《谢官状》："位望虽下，俸料则优。臣今得之，胜登贵位。"并录《初除户曹喜言志》。[18]有助说明此度白居易的官位异动的《陈情状》及《谢官状》至今存留完好，平冈先生在此不禁喜形于色地写着："存留得好！"然而，"应当有某人代天子书写的制书却不可得见，实在是可惜！"[19]则又显然令人感觉平冈先生的失望了。这些地方，会让读者强烈地感受到看似冷静严肃的平冈先生，其实是有他热情纯真的另一面的。我曾经写过一篇论文《洛阳伽蓝记的冷笔与热笔》，谈到作者杨衒之的文笔有极理性严格的一面，也有极主观热烈的另一面，冷热交织，遂成就了此一大奇书。[20]

平冈先生在此节不仅引用诗文，且又考证《唐会要》，讨论白居易当时的实际俸禄所得为"四五万"，较前左拾遗时之"三万钱"收入已有大幅增加。读至此，相信凡认识平冈先生的人必都会会心微笑，因为他自己也正是一位事母至孝的人。其所以如此坦然计较俸禄若干等等细节，正如本书序言中所言，他是想要把一般人所认识的"诗人白乐天"，还原为有血有肉的真实的人白居易；或者，这也表示著作者对传主诚恳的孝心戚戚然有同感，遂引发为一种至深的敬意的吧。此外，后日白居易之左迁，不但与宰相武元衡遇刺事件相关，且又被诬为不孝。平冈先生为了代白居易辩正，在此预伏一笔，也是有必要的。

宰相武元衡事件，《旧唐书·白居易传》有血淋淋的记录。同日同时，御史中丞裴度亦遇袭，但幸免于死。如此重大之事，官方所逮捕的凶犯、所公布的事项，及处置的结果，却都相当暧昧，十分可疑。白居易对此，认为国辱臣死，不当默默，遂立即上疏。可惜，那一篇可能行文颇为激烈的文章并未收于《白氏文集》内，但平冈先生辗转引用了白居易后来写给他妻兄杨虞卿的信《与杨师皋书》。其中有句："武相之气平明绝，仆之书奏日午入。两日之内，满城皆知之。"从这封存留的书信，可以证实白居易仗义执言之事。事实上，当时武元衡与跋扈的藩镇之间的紧张关系，为众所周知，但朝廷方面以当时白居易的职位为左赞善大夫，不当越过给事中、中书舍人、谏官、御史而先上疏；又因为白居易的母亲看花坠井而死，他却写了《赏花》、《新井》二诗，甚伤名教，贬为江州刺史；后更以其状迹不宜治郡，而追诏除为江州司马。事实上，白居易之母死于元和六年（八一一）四月三日，早于武相事件（元和十年六月三日）前四年。事件发生之时，白居易已经除丧复出长安，授官左赞善大夫了。果真有其母赏花坠井之事，应当早就会受到舆论指责，何以迟至四年之后因武相事件上疏才被提出来？显然其中是有问题的。平冈先生虽然没有充分的证据反驳其说，但他于引用《旧唐书》本传文字之后，附加了一笔：

> 《旧唐书》只是简单地叙述中伤之说，对于事变的真相如何都无一言。然而，中伤之语言既放射，毒箭已奏效了。借一句白居易自己的诗句"漂荡三千"（《感情》），不得不开始谪居生活了。五年前，元稹所尝的左迁的苦滋，而今，白居易也尝到了。[21]

而在书后的略传，元和六年条下也只记着："四月三日，母陈氏殁于长安宣平里宅。”[22]虽然无法寻得直接的证据为传主不白之冤辩正，平冈先生还是透过这样的方法表现了他的意见。

最后一章是写促成白居易写《与元九书》的江州左迁之事。这一点才是本书的主题。白居易被贬，从长安出发，赴江州之月是在入八月以后的事情，但究竟是八月何日？却无法得知。至于这个大略的时间，是由元稹的《酬乐天东南行诗一百韵》的注记中得知的。元稹在白居易的生命中确实是一个很重要的存在。在这最后的一章，字里行间颇能见到作者平冈先生的感情。首先，他引述《与杨师皋书》的另一部分文字：“及仆左降诏下，明日而东。足下从城西而来，抵昭国坊，已不及矣。走马至浐水，才及一执手。悯然而诀，言不及他。”此情此景，和五年前白居易送别左迁的元稹完全相同。于是，设想白居易当时的心境，平冈先生有一段十分感人的文字：

> 如果元稹在，必定会送我到这里的吧。可惜他好不容易今年一月被召回长安，却只居住不到三个月，又被贬到通州去了。想念元稹之情，大概会因为至友不在而徒愈增添的吧。[23]

由于多年赏爱白居易的诗文，由于撰写这本《白居易》传记，平冈先生行笔至此，已经整个融入了千二百年前这一位唐代文人的生命里。类似的用情深刻之语句，每每见之于书写元、白二人心灵相交之处，这使得校勘认真、布局谨慎，稍嫌理胜于辞的这本书添增一些温暖动人的笔触。或许是由于平冈先生多年研究《白氏文集》，一再和白居易“交谈”的结果，致作者之心思已深深融入古人之心思，遂自自然然体会其意的吧。巧的是从长安出发，元和五年（八一〇），元稹左迁于江陵（湖北），元和十年（八一五），白居易被贬于江州（江西），江陵与江州几乎在同一个方向。元、白两位文坛至友先后相隔五年，竟怀着类似的心情朝那个相同的方向走去。五年前，元稹在左迁的路途路上诗兴大作而写下《思归乐》以降十七首诗，抵达江陵后寄赠予白居易，令白居易感受到友人写作的发想、用语大有别于从前，而有所答复，遂展开了两人之间大量的诗作和答。而今，在被贬的路上白居易也思考着：文学对于自己究竟是什么？自己是如何看待文学的？今后文学之路将要怎么走？于是，在这本书最后的段落里，白居易的左迁遂又与元稹的左迁重叠，不仅是路途方向重叠，心情感慨重叠，而且对于文学反省的意识也重叠着。这便是到达江州之年的岁暮，四十四岁的白居易执笔将自己的文学反省书写成三千二百字的长信《与元九书》的原因。

这本《白居易》本来可以在此结束的，但平冈先生又忍不住捻出此长信中的一个关键词“诗魔”。白居易在信内回忆当年三月，与一度被召回长安的元稹于城南春游时，曾不自禁地作诗不已。在《与元九书》接近末端处有一段字：今年春游城南时，与足下马上相戏，因各诵新艳小律，不杂他篇。自皇子陂归昭国里，迭吟递唱不绝声者二十里余。樊李在傍，无所措口。知我者以为诗仙，不知我者以为诗魔。

平冈先生又引“自从苦学空门法，销尽平生种种心。唯有诗魔降未得，每逢风月一闲吟”[24]及“两鬓千茎新似雪，十分一盏欲如泥。酒狂又引诗魔发，日午悲吟到日西”[25]二诗句，指出“诗魔”之词，不见于中国古来正统思想之中，为白居易自我发想所得。至于其来源，盖为热心空门的诗人自禅师口中之“佛魔”、“祖师魔”演化而出。其后，诗人仍作诗不已。平冈先生引了大约在元和十二年江州时期白居易所作《江楼夜吟元九新律诗因成三十韵》中的四句：

酬答朝妨食，披寻夜废眠。

老偿文债负，宿结字因缘。

在注解完以后，平冈先生添加了几句话：“他把自己和诗作的关系，不再看作此生所作的选择，而认为是过去到现在之间的必定因缘。”[26]其后，诗人仍作诗不已。但不必自限于“合为时”或“合为事”[27]而著作，“寓兴放言、缘情绮语”[28]的作品，也成为白居易作品的一部分，遂更载录了其人丰富的一生。

自“诗魔”之发现二十余年，近古稀的诗人于开成四年（八三九）编成了《白氏文集》六十七卷，奉纳于苏州南禅院，五年后，迫不及待似的将《白氏洛中集》十七卷，奉纳于洛阳香山寺。诗人如此总理其一生，并许愿来生再临此寺，阅读此文集。

平冈先生如此搁置为白居易写传的笔。那年，他自己也年近古稀，六十八岁。

原载《联合文学》二八八期，二〇〇八年十月

注解

1. 吉川氏著《清代诗文》，小川氏著《陆游》。
2. 见京都大学人文科学研究所《白氏文集·第一》，1页。
3. 见京都大学人文科学研究所《白氏文集·第二》，1页。

4. 见京都大学人文科学研究所《白氏文集·第三》，1页。

5. 见京都大学人文科学研究所《白氏文集·第三》，46页。

6. 参见拙著《唐代文化对日本平安文坛之影响》，收入“中古文学论丛”，423～472页。

7. 见《白居易》，6页。

8. 见《白居易》，6～8页。

9.《白居易》，25页。

10.《白居易》，25页。

11.《白居易》，33～34页。

12.《白居易》，35～36页。

13.《白居易》，90～91页。

14.《白居易》，150页。

15.《白居易》，162～163页。

16.《白居易》，280～281页。

17. 见《东方学》第九十一辑，200页。

18. 此诗赠当时在江陵的元稹。元稹亦有和诗《和乐天初除户曹喜言志》。

19. 二语并见《白居易》，254页。

20. 参见拙著《洛阳伽蓝记的冷笔与热笔》，收入“中古文学论丛”，253～299页。

21.《白居易》，293页。

22.《白居易》，p. 308，下段。

23.《白居易》，295页。

24.《白香山诗集》，卷十六。《闲吟》。

25.《白香山诗集》，卷十七。《醉吟》。

26.《白居易》，304页。

27.《与元九书》。

28.《苏州禅院白氏文集记》。

一九七〇年五月，由右至左：林文月与平冈先生、那须小姐摄于神户。（林文月提供）

Drifting（郭豫伦绘画，林文月提供）

# 中日翻译界小型座谈会追记

## 兼介日译本《杀夫》之诞生

林文月

一九三三年生於上海，台湾彰化縣人。一九六九年至一九九三年任教於台湾大学中文系，曾於美国華盛頓大学、史丹佛大学、加州大学柏克萊分校、及捷克查理大学擔任客座教授。現為台湾大学名誉教授。已出版学術論著有《中古文学論叢》等三種、傳記《謝靈運傳》等二種、散文集《京都一年》、《讀〈遙遠〉》、《午後書房》、《擬古》、《作品》、《飲膳札記》等十餘種、翻譯有《源氏物語》等五種。

收到藤井省三教授航空寄赠的《杀夫》日译本时，我第一个反应是：真快！因为从译事的洽谈，到译完出版，前后只有一年的时间而已。这不能不令我敬佩藤井教授用功之勤，以及东京宝岛出版社配合刊印的神速效率了。关于这本书的诞生过程，我约略知悉，故不妨在此介绍说明。

一九九三年三月二十九日至四月三日之间，台湾文化建设事务管理机构举办了一次小规模而别具意义的座谈会。当时的主任委员郭为藩先生热心推展中书外译，除了曾经在一九九〇举行过一次盛大的国际性讨论会，又有意分别办理若干区域性的中外翻译交流。“中日翻译界小型访问座谈会”便是在这种构思之下产生的。郭先生希望我来主持这个会，并且充分授权给我来处理一切。

我对于日本汉学界研究古典文学的学者比较熟悉，但是对于研究现代文学的情况则不甚明了，所以只好写信给在庆应大学任教的金文京教授，经由他的书面介绍，遂与东京大学的藤井省三教授取得联系。并代为邀约四位研究中国现代文学的学者，及两位出版中文及中文译者的出版界人士：藤井省三（东京大学）、山口守（日本大学）、宫尾正树（御茶水女子大学）、冈崎郁子（吉备国际大学）、小川哲生（JICC出版社）、神岐勇夫（东方书店）。我当时坚持的原则是，邀请的人数要少，但要真正有翻译中国现代文学的兴趣与诚意者；至于出版界人士，亦希望有兴趣与诚意出版台湾现代文学之译书者。老实说，在我看到他们的履历资料时，不免有些失望。四位应邀学者之中，除冈崎女士毕业于台大中文研究所，对于台湾及台湾文坛具有认识，其余皆以二十世纪三〇年代中国文学，或大陆现代文学为主要研究对象，似乎对此间的文学现象并无关心与认识。不过，这个现象也不足为怪，日本学界向来受政治影响，很少人注意台湾文学。

我与黄武忠先生及李淳碧小姐商议，台湾方面邀请了齐邦媛、蔡茂丰、何寄澎、吕正惠、林水福、陈明台等六位各大学的教授。他们都是平时关注台湾现代文学，或教授日本语文的专家，与日方学者交谈，必能相互沟通无碍。时间选在三月底至四月初，是基于日本大学新学年开始前，而我们正值春假期间，不致影响授课的考虑。座谈会的一切，尽量安排简单具体，分为两次，每次仅一个上午，由中日双方就中国现代文学，及其翻译问题分别发表论文，并进行讨论；下午则参观台北市各大书坊。我希望日方的学者与出版界人士能充分利用有限的时间，亲眼观察台湾的书店和那些罗列在书架上的许多书籍。

藤井教授与我书函往返，对于这样的安排相当满意；日方学者甚至建议取消参观台北故宫文物及花莲旅游的环节，而请求与此间作家聚叙。我收到这样的信，颇感欣慰。因为从这样的建议可以察知，他们是真正有诚意来探究台湾文坛的，而这正是我们最初的构想：避免大场面的交谊性会议，将时间、精力和费用减少到最低限度，但要发挥最大的功能。想要推动台湾现代文学的外译，如果不能让对方实际阅读作品，或者接触作家，如何能有效地达成目的呢?

不过，说实在的，两次的座谈会并不令人十分满意，其原因在于中日双方学者所发表的论文，不易找到焦点。台湾方面，我事先已分别邀请与会学者各从小说、散文、现代诗、文学批评、女性文学，乃至翻译诸问题评介；但日方所提论文，除冈崎女士发表《台湾文学日译史》，其余都是与台湾现代文学不甚相关的问题，遂形成各说各话的局面。事后检讨，我认为这是因为日方学者们对于台湾现代文坛极为陌生的关系，他们多数是第一次来台，过去对于台湾及台湾文学的认识，是透过日本出版界十分微少的介绍，甚至是经由中国大陆编选的一些台湾作品集所获知的。所幸，在讨论会以外的自由活动时间里，我们随意地广泛交谈，又由于安排参观各大书店，所以渐渐有了实质上的收益。尤其在日程安排方面，我们商量的结果，不仅取消了台北故宫、花莲等旅游环节，甚至连较盛大豪华的晚宴也改成以自助餐与本地作家联谊的形式。

四月初的午后，台湾文化建设事务管理机构假联勤俱乐部举行的一场中日学者、作家与评论家的联谊会，是朴素而不拘形式的聚会，没有昂贵的酒肴，也没有扰人的民俗表演。大家随意取用餐点，自由变换座位，热烈地交谈，而日方的学者与出版者，遂得与邀约出席的作家们直接沟通、交换意见。藤井省三教授和JICC出版社（宝岛出版社旧称）的编辑小川哲生先生，便在此场合与李昂会面并交谈甚欢，而此次他们三人的会晤，实为促成《杀夫》日译本诞生的一个机缘。

小川先生自一九九〇至一九九一年担任JICC所出版“发现与冒险的中国文学”八册的主编。其中第六册《香蕉船——台湾文学导游》由山口守教授监修，收白先勇、张系国、黄春明、钟理和、李乔、施明正、李昂等七位作家的作品十篇。虽然在整套书的比例上只占八分之一，却可谓具有打开日本读者对台湾现代文学陌生视界的功用；而JICC出版社对于台湾文学的正视，毋宁是一种公平而可喜的现象。至于中日的文学爱好者在《香蕉船》出版之次年举行联谊会，亦无疑是时间上极可喜的巧合。由于藤井教授、小川先生和李昂在联谊会上一见如故地交谈投机，由藤井执笔翻译李昂的《杀夫》，而由JICC改组的宝岛出版社付印之事，遂相当顺利地谈妥，不久即付诸实践了。

藤井省三教授是东京大学文学部的助教授，专攻近代中国文学。他过去研究的范围以二十世纪三〇年代中国文学，尤其以鲁迅为主要对象。重要著述有《俄罗斯之影子——夏目漱石与鲁迅》、《鲁迅——“故乡”的风景》，又参与翻译《鲁迅全集》第十二卷《艺文序跋集》。至于现代文学的翻译，有大陆郑义的《古井》，及莫言的《拥抱鲜花的女人》。《杀夫》的翻译大概是他第一次正视台湾现代文学的表现。此书的翻译过程中，还获得台湾文化建设事务管理机构“中书外译”计划的出版资助。在申请出版资助的书中，藤井教授列举了东京往返鹿港的旅费。此盖因《杀夫》一书以鹿港为背景，许多地理名称，当地的风俗习惯，乃至于人物对话中所夹杂的台湾方言俚语，他无法精确理解，必须实地考察求证，甚至与原著作者李昂商讨之故。

我翻阅日译本的《夫杀》（按：李昂原著由当年轰动上海的詹周氏杀夫事件而来，最初取题为《妇人杀夫》，其后改为《杀夫》，有动词旨向；日译书名则有名词旨向），与原著对照，发现除极少部分的误译或改变，藤井教授的译笔十分流畅传神，尤其在人物对话方面，译者掌握了日语中因性别与阶级而有别的口吻，有些部分反而比原著的中文（或当是闽南语？鹿港话？）更成功传达了说话者的身份背景。对于不谙闽南语的外国学者而言，这些细微的文字差异，必然会造成翻译之际极大困扰的吧。所幸，藤井教授既与李昂相识，往来商议，绝大多数的问题都能迎刃而解。而李昂的原著，在叙述部分所使用的是纯粹的国语，这些部分对于已经翻译过鲁迅文集，乃至大陆作品的藤井教授而言，自然是毫不费工夫的。

走笔至此，我忽有一个附带的感想：设使《杀夫》全部采用闽南语写作，恐怕藤井教授或任何一位外国学者都无法翻译全书了；除非他是专攻台湾方言者。从事文学创作的人执笔之际，必然是有一种内心感思欲倾诉表达出来，他大概希望别人分享他的情思感受而产生共鸣，也希冀更多的读者与之共鸣感动，遂借文字以达到其目的。语言文字是借以沟通作者与读者之间的桥梁，换言之，那桥梁越具众多的人往来使用之便利，便越能达到作者所期盼之目的。往时曾有过“世界语”的发想，盖即欲借以达成文化之“地球村”的目的，然而，事实证明那种想法未免过于理想化；各国人遂不得不退回自己的国家，而依然使用其标准语（或公定的国语）。不得已时，乃有由此国语文翻译为彼国语文之需要。在我看来，语言文字的功用如此。母语诚可贵，但在公众场合，要求沟通交换讯息或意见，就得使用大多数人能够明白的某种既定语言（或称为国语），否则各说各话，何异于独语喃喃？而倘使作者使用方言或刻意发明文字，则不但外国人看不懂，就连本国人也未必全都明白。当然，如果作者苦心创作之目的，只求少数族群知音的欣赏，则又另当别论矣。又或者一个人要为自己十分隐秘的记忆留下痕迹，唯恐他人晓悉，则径创个人的符号无妨。然而，这岂是一般人写作构思之原旨？是以，语言文字之遵循传统与共同性，应有其必然不得不如此的道理在焉。

一时感兴，不觉离题远了，现在让我再回接前言。

藤井教授翻译《杀夫》，不脱其学者负责之本色，凡文中有双关语义或不易解者，皆有括号，以小字注解其下。至于人名、地名之读音，则悉采汉语（原文称“标准中国语”）注音标示。全书共二百零六页，译文一百五十四页，后附《台湾女性主义文学——李昂访问记》，及《解说》（简介台湾五百年来历史，百年来文学现象，以及《杀夫》原著之写作背景与翻译缘起等）。最后，又刊编辑室的“附记”。除简述该出版社发行日文版《杀夫》之经过，反复解释此书中出现的“杀猪仔陈”一词，并不含所谓“差别语”意识，且又不厌其烦地举数例为证，说明作者如此写，绝无“职业歧视”之意云云。我相信李昂以中文书写之际，大概是不曾有过这一层忌讳与顾虑的；然而，何以日文译本初版之际，反而诸多顾忌，乃至需要编辑部欲盖弥彰地多费笔墨说明呢？读者或者会感到困惑，容我在此稍作解释。

这与日本的部落族人“秽多”有关。日本在江户时代有一部分流犯被限制住区及活动范围，划为贱民，其地位居士农工商之下，操作屠宰、皮革、墓刻等下役。虽然明治四年已编入普通平民，但至今他们与外界仍格格不入，实为民主先进国日本的一个隐忧。宝岛社编辑室或恐此书日后可能引发屠宰业劳动者，以及其家族的反感，遂有必要预为恳恳表意。藤井教授在台湾文学的近况中曾提及乡土论争，以及本省人、外省人情结诸问题，但是读此书最后一节，则又不得不令我想到：真是“家家有本难念的经”啊！

不过，无论如何，在东京大学教授中国近代文学的藤井省三教授如此认真地译介台湾的现代小说，委实是值得欣慰的事情。据说，冈崎郁子女士也译完郑清文的《燕心果》，即将由颇具规模的山本书店出版。而去冬由台湾文化建设事务管理机构与台大外文系合办的“第二届中国文学翻译国际研讨会”，山口守与京都大学名誉教授清水茂曾出席发表论文。山口教授并延长滞留台湾的时限，或者亦有助于他日后研究或译介台湾的文学吧。

我感觉到“中日翻译界小型座谈会”似乎已有一些具体的反应产生。但愿台湾文坛会不断产生有意义、有深度的作品，而经由文学作品的外译，获得与我们的“经济奇迹”同样令人尊重的注目。

原载《中国时报·人间副刊》，一九九三年五月二十七日

林文月翻译《十三夜》一书之插图。（林文月绘画）

一九八〇年，林文月（左）到东京访问《源氏物语》现代语译者冈地文子。（林文月提供）

# 千载难逢竟逢

## 《源氏物语》千年纪大会追记

林文月

一九三三年生於上海。台灣彰化縣人。一九五九年至一九九三年任教於台灣大學中文系，曾擔任美國華盛頓大學、史丹佛大學、加州大學柏克萊分校、及捷克查理大學擔任客座教授。現為台灣大學名譽教授。已出版學術論著有《中古文學論叢》等六種、傳記《謝靈運傳》等二種，散文集《京都一年》、《遙遠》、《午後書房》、《擬古》、《作品》、《飲膳札記》等十餘種，翻譯有《源氏物語》等五種。

# 一

十二月中旬的京都，红叶落尽黄叶瘦。

可容八位乘客的小型巴士，只有两人搭乘。从大阪关西机场出发，不到一小时便驶出了平整的高速公路。倒是为了那位住京都市南区的中年男子，在迂回狭隘的巷道内花费了四五十分钟。我看了看拨早一小时的手表，心里想着：日本人就是这么的丝毫不马虎。上车前问过司机："从这里到我投宿的清风会馆，需要多少时间？"穿蓝灰色公司制服的司机回答："一小时五十分钟。如果没有特殊状况的话。"不说将近两小时，也不说一个半钟头多。敬业的司机不发一言，熟悉地在住宅区的小巷里转来转去。有几处刚好可以容车身通过，左右两边的空间颇有限，令靠窗坐的我十分惊心。不过，车速虽减慢，车身却平稳妥当。司机不但敬业，而且显然是驾轻就熟的。我便也收起惊心，从容浏览沿途的景象。

其实，沿途景象并无甚可观。那些窄道是穿过一般屋舍，有些段落甚至像是后街，看得见人家凌乱虚掩的后门，从二楼窗口伸出的曝晒被褥。偶尔经过不知是商店还是民宅的木造房子，都是一径的老旧京都庶民风味。路边不高不矮的银杏树，枝椏犹缀着黄色扇形的叶子，温和的秋阳淡淡照在那些黄叶上。

我心中忽兴起一种温暖的感觉。京都，我又来了。

很多年以前，我在此古老的都城住过近一年的时间，每次因事赴东京，从那一座时尚繁华而冰冷的国际化城市回京都，新干线车窗外的景物渐渐呈现古老朴厚的面貌，我就会有这样的感觉。那种感觉如何形容呢？明明是游子，又仿佛像是回家。

中年男子住在极庶民风味的老城南区，房屋倒是新盖的，与左邻右舍相比，显得较为气派。司机把车尽量停靠在路边，便下来提取行李，跟那位乘客一前一后走向门前。大门忽然就开了。一位妇人胸前抱着婴儿出迎。想必是在窗里等候许久的妻子吧？中年男子大概是出差回家。

小巴士终于开出巷弄，以稍快的速度行驶在市区干道上，然而每遇交通号志就停很久，所以仍然费时间。我茫然地看着从左走到右，从右走到左的人群。下班的时候，特别拥挤。男男女女把大衣的领子竖起，快步走在斑马线上，红叶枯片夹杂着少许新落的黄叶追逐着行人脚边。

车一转弯便看见鸭川了。等到路牌标示出四条、三条，我就知道相当靠近京都大学了，而清风会馆在左京区，是京大的相关学人经常利用的地方。这次我应京大大学院主办国际研讨会“世界之中的《源氏物语》——其普遍性与现代性”邀约，出席参加大会，便是要投宿于此。

会馆距京都大学只需步行十五分钟，但是位于一条不起眼的巷子里。这一带称为“百万遍”，从前住在北白川银阁寺道时，常常车经此地却未曾驻足过，也不知道有一个和京大相关的会馆在巷子里。由于地近校址，学人来访或有各种会议，首先考虑到的住宿便是在此，而这个地方是通过京大的关系才预约得到的。所幸，此次负责筹备大小事宜的田口纪子教授体贴心细，两个月之前开始与我联络之初就提醒我是否代为预订房间，她在电话和传真之际都告知，由于适逢《源氏物语》的一千年纪念，京都乃至于全日本都有各种各样的纪念活动，会馆可能拥挤，早订为宜。

我订到二楼唯一的双人床套房。虽然简单朴素，但整洁而宽敞，应是出外开会休憩的理想处所。

才放下行李，未及仔细察看，即有电话铃响起。是田口女士。她约略知道我的行程，没有想到竟算得这么精准。“刚刚抵达吗？辛苦啦。现在是四点半，四十分和您见面好吗？出会馆左拐，走过两个路口，第一个红绿灯就是京大了。明天一早的会议，晚上校方请各位餐叙，顺便讨论一下相关的事情。我在交通号志底下等候您。”语势很柔和客气，但也听得出很练达果断的个性。“我才办好手续进房间呢。可以多给我十分钟的时间吗？四点五十分，我会走到那个百万遍的红绿灯底下的。”我心里想着，十分钟够我打开行李，快速换穿比较整齐的服装吧？“啊，真对不起。催促得太紧了。那么，五十分恭候您。哦，对啦。我穿着一袭灰色长大衣。”“谢谢。等会儿见。我穿的是黑色大衣。”半年来，我们虽然通过信，也打过电话，却始终没有见面过。走过两个路口，再继续前行，四点四十九分到达百万遍的十字路口交通号志下。几乎同时，也看见有一位身着灰大衣的女子抵达了宽广的对面。她举手挥动，大概看到我的黑大衣了。我也挥挥手，比画着会步行过去。

“终于会见啦。”我们不约而同地说着，并且一起走向会场“时计台纪念馆”。

时计台纪念馆原本应是京大校园的中心所在。为了标示出古老时钟台而建立的一座二层综合大楼，有可供大小会议及表演用的室厅，楼下还有咖啡厅及便餐用的大房间，最里面的一间摆设着西餐用长方形餐桌，当系校方招待宾客专用的场所。田口教授引领我走向纪念馆。古风的代表大学精神的时钟，远望可见，但是走入校园之中，反而因为显然是其后陆续兴建的各种大楼遮挡了视线，掩没于薄暮的高低建筑物中了。我们在楼与楼间的巷道内走着，时时要避开迎面而来的骑单车的学生或教职员。“这些路曲曲折折不太好走。”田口女士带些歉意解说。“其实，全世界盖在都市里的古老大学都是如此。科系新增太快，学生越来越多，原来的校园都变得拥挤了。”我明白其中的矛盾与无奈。

我们先去时计台纪念馆楼下的大会议厅，了解次日开会的场地和设备。在场的除我之外，另有三位外国籍学者：捷克查理大学退休教授Karel Fiala、德国海德堡大学教授Judit Arokay及英国莎费大学助教授Thomas McAuley。

二

“世界之中的《源氏物语》——其普遍性与现代性”国际研讨会，选在二〇〇八年近岁暮的周末举行。主办单位是京都大学的大学院。这次的规模虽大，但是议题集中在一千年以前平安朝的女官紫式部所写的《源氏物语》一书。受邀参与演讲者，共有十三人。除了四位外籍学者，余皆为日本本国学者，大会规定所有演讲和讨论都只限用日本语文。

在十二月十三日及十四日举行的大会，其实只有三场分类演讲及一场专题演讲：首日上午为“日本文化中的《源氏物语》”，午餐后由Karel Fiala主讲“《源氏物语》与日本古典文学的翻译——关于《源氏物语》的捷克语翻译”，午后第二场为“《源氏物语》在海外的接纳度及翻译问题”。次日仅有上午一场：“《源氏物语》与美术”，下午一场为各组主持人及演讲者代表的圆桌讨论，中心话题定名为：“《源氏物语》其普遍性与现代性”。

十三日上午九时开始报到，领得名牌及首日各议题的演讲数据后，演讲者与出席者便陆续进入会场自由选座。我因为下午有演讲，便在大厅的最前一排坐下。虽是天晴的白昼，厅里灯光通明，由于这个研讨会的中心题旨单纯统一，以《源氏物语》一书贯穿，所以全部的活动都在同一个大厅中举行；又由于会期选在圣诞节和除夕的前一个周末，故而除了京都大学的相关学人，又颇见学生或一般社会人士。大概是因为《源氏物语》未必人人读过，却是人人皆知的名著，而作为“千年纪”的压轴大事，都想把握这个最后盛会的吧。

上午九时三十分正，大会开始。主办单位京都大学的三位学者致辞，说明此次会议举行的宗旨。其中大谷雅夫教授是京大国文学研究所教授。他是我二十年前台大中文系学生、现今台大日文系教授朱秋而的博士论文指导教授。大谷教授于二〇〇八年春季参加在台大文学院举办的“第五届日本汉学研究国际学术研讨会”时，与在同一会议中发表专题演讲的我相见，而当面邀约我来参加此次千年纪大会。

大谷教授言简意赅地说明了京都大学主办《源氏物语》千年纪念国际研讨会议的意义。根据《源氏物语》的作者紫式部在她的日记《紫式部日记》里的记载，《源氏物语》的文字至今已经历了一千年的时间。一千年之前，一位平安京宫廷女官为她的亲密女性朋辈们所写的这本书，经由口传口，手传手方式，竟然逐渐广受社会各阶层的男女的喜好，而流传到今日。这本感性丰富，对人情有敏锐省察的著作，不仅为日本本国人士所重，并且更成为世界文学的古典，目前已经有近二十本的外语翻译，为全球读者共享了。至于《源氏物语》的作者紫式部，是曾经真实生活在京都的女性，而此书的发生及展现的地理背景，则以京都及其附近为轴心，故而京都大学责无旁贷，担任了这个研讨会的任务。

开会仪式后，休息十五分钟便启开了第一场："日本文化之中的《源氏物语》"。有四位讲者：今西佑一郎（九州岛大学，"《源氏物语》的发生"）、金光桂子（京都大学，"中世王朝物语的灵怪——以六条夫人为起点"）、大谷雅夫（京都大学，"'物之哀'与《源氏物语》"）、杉本淑彦（京都大学，"战后日本社会与《源氏物语》"）。

首日首场，为立足日本，从古今文学去讨论《源氏物语》在平安时代，以及后世的文学里，如何被日本人认知，且发展续存的情形。除了今西教授来自九州岛大学外，其他三位都是京都大学的教授，但金光和大谷两位专研古典文学，杉本专攻二十世纪现代文学。

今西教授在前夜的宴会中给我的印象是能说善道又好酒量，似乎具有日本学者少见的开朗性格及当仁不让的精神。他自己解释那是因为年轻时经历过叛逆的"安保时代"。作为大会的首位发言人，他果然滔滔不绝地讲足了半个多小时。《源氏物语》的男主角光源氏年少时与父皇爱妃藤壶发生乱伦恋情，使继母生下其后即位为冷泉帝的私生子。这种破坏社会秩序的内容，在战前属对皇室“大不敬文学”。何以千年前书写如此大不韪的宫廷逆伦故事，却广受爱诵呢？本居宣长（1730—1801）认为这种禁忌的恋情之中隐藏着“物之哀论”。今西教授的论文，以物语与历史之虚实探讨其可能性。

朱秋而的学妹金光桂子选择了《源氏物语》中每每出现的生灵、死灵的凄绝怪异现象，与心理描写，以及其对中世及后代小说、谣曲的影响为主题，发表了相当有趣的论文。可惜，主讲人年轻而稍显怯场，以微弱的声音念读讲稿，致使效果不明显。

大谷雅夫教授的讲题“‘物之哀’与《源氏物语》”，在范畴上与今西教授所论近似，但研究方法则自日本汉学研究的立场入手。江户时代（1603—1867），儒学盛行，《源氏物语》一方面被视为淫乱之书，另一方面又被当作劝善惩恶之作。至于“物之哀”说兴起之后，主张以文学当表达人情、非关伦理的近代文学观逐渐产生。

杉本淑彦教授专研二十世纪日本文学，讲题“战后日本社会与《源氏物语》”。他认为一九四〇年代谷崎润一郎用现代日语翻译《源氏物语》以来，已成名作家译者辈出，其间或因个别笔法与见解，而各有不同面貌效果。另有一些作家则径取书中部分翻案成文。电影、电视剧、漫画、手机文学等等，取自《源氏物语》内容的新发展，更使此书从文字而画像而动画；自纸上媒体而电子媒体，继续有了更多变化，吸引新一代的年轻人。据杉本教授播映的影像，男主角光源氏大眼薄唇，充满帅气的古今综合形象，竟是今日高中女生的最大偶像。现代日本人对于《源氏物语》不仅作出了外观的改变，也赋予了此书认知及解读上的改变，诸如对于天皇制、身份差异，乃至于自我意识、女性主义等等的意见。

上午的演讲准时完成，午餐时间只有半小时。我们被安排在二楼的小会议室享用“源氏物语千年纪便当”。主持人广田笃彦教授（京大，英美文学系）利用午餐之际与四位外籍学者交换意见。他原来是用英语谈话，其后发现四人都具流利的日语能力，遂改以日语交谈。

午餐后，由捷克查理大学退休教授，现今在日本福井县立大学任教的Karel Fiala教授作专题演讲：“《源氏物语》的捷克语译”。他专研日本语史、语言学。曾译过《平家物语》，又刚刚完成了《源氏物语》的翻译，所以此报告可谓及时演讲。而在四人之中，Fiala教授和我是实际翻译《源氏物语》者，因此，我充满期待聆听。

Fiala以他对语言的把握和专研，在捷克文翻译之际，特别注意译文与原著古代日语之间的语汇长短，以及文法、语顺等等问题；尤其在和歌的翻译时，据说捷克语特别能贴近原文的音节韵律。他举出很多自己译出的诗，可惜大会出席者恐怕无一人能看懂捷克文。我虽然于一九九九年曾受邀在布拉格的查理大学客座讲学一季（当时在中文系授课，未能得识任教于日文系的Fiala教授），却完全无法听或看截然不同于英文系统的捷克语文。不过，在手中拿着的讲稿资料中，却喜出望外地发现，在和歌译例中，他引用了第三帖《空蝉》文中的一首和歌；而我自己将于稍后演讲谈论《源氏物语》中译时，也在举例中提到同一首和歌。近百万言的《源氏物语》里有七百九十五首和歌，何其巧妙，我们竟然有这种很不容易的比例暗合！

下午的会议主题为“海外的受容（接纳）与翻译问题”。时间为三时至六时，三人各讲四十五分钟，回答提问十五分钟。由于时间略长，大会临时宣布，在我作最后的演讲之前，休息十分钟，以便稍事起身活动筋骨。

来自英国的Thomas McAuley是四十岁上下的年轻学者，目前于莎费大学日本研究所任助教授。他专攻日文英译问题，并曾翻译过三千首古典和歌。他的讲题是“英译《源氏物语》各本的比较考察”。

最先英译《源氏物语》者，剑桥大学日本留学生末松谦澄，其实并非日本文学专家，所译亦不全（五十四帖中，仅译出十七帖），但一八八二年出版，为此书首次外文翻译，引发英国（乃至于西欧他国）读者注目。其后遂有Arthur Waley（1925）、Edward G. Seidensticker（1976）、Helen Craig McCullough（1994）及Roall Tyler（2001）等英、美学者的英文翻译*The Tale of Genji*。McAuley教授就翻译态度上宜重原作文化或本土文化的两极观念，评论个别的四个英译。认为Waley译虽有删减，但能引起读者感动，Seidensticker译，信则信矣，嫌“枯燥乏味”。我个人倒是不能苟同。不过，译事鲜能两全其美，则是事实。

Judit Aroky为匈牙利籍日本文学专家，现任教于德国海德堡大学。Aroky教授讲题为“德语圈内的《源氏物语》受容及其翻译”。《源氏物语》首传于德国，是一九〇六年Karl Floreng出版的《日本文学史》文中所提及。一九一一年Maximilian Müller-Jabusch根据末松谦澄的英译本译出了《源氏王子的冒险》（*Die Abenteuer des Prinzen Genji*）。至于从原文全译的德文本*Die Geschichte vom Prinzen Genji*为一九六〇年代由Oscar Benl执笔。

Aroky教授全面介绍了《源氏物语》传入德国文坛及学界的情况，并分析一百年来此书在德语圈内的受容情形，与其翻译、解释，以及一般读者的接受程度与反应情况。身为女性学者的Aroky，说得一口极有品位的日语，她专攻和歌、自传文学及女流文学。演讲内容侧重光源氏与书中女性的爱情心理描写，尤其与其继母藤壶，及紫夫人之间的关系，能透过女性立场剖析发论。

我自己的演讲在首日最后一场。大会这样的安排，或许是考虑四位外籍学者中，执过译笔的二人在首、尾，而未翻译的二人在中间，以介绍此书在外国的情况。

我的讲题是“关于《源氏物语》的中文翻译”。我译注此书在一九七三年至一九七八年。其实，大陆丰子恺先生早在一九六〇年代已进行翻译《源氏物语》了，但因当时两岸间没有交流，所以我无由得悉。而书中浓厚的贵族阶级内容，也不能被当时的大陆社会所接受。丰氏的翻译直到译者死后，于一九八〇到八三年才问世。那时我的修订版都已出书五年了。因此，我的《源氏物语》译注，可谓为当时唯一中译本。

我所谈内容，是就自己执译笔之际所面对的问题，以及如何解决那些问题的方法。首先是原作语言氛围的把握。日文与中文的特质，有如小提琴和钢琴的音色，同一曲调由小提琴奏出，与钢琴弹出，予人的感觉并不同；而中文的古文则又具更浓的钢琴性，此为我采白话文译出的道理。但其间则又拉长语气，掺杂雅言丽句，以贴近委婉华丽的旨趣。至于和歌，则取类似楚歌体，避免绝句或白话体新诗形式，以造成既典雅又新鲜的效果。

日文里经常见到使用着某些汉字，因而身为《源氏物语》的中文译者，较诸其他外文的译者，我多了一层翻译上的方便，得以直接袭用原文里的汉字。中日两国，人称“同文同种”，事实上，同一汉字，在两国语文里的含义每每有别，则有赖注释。《源氏物语》的作者紫式部具有深厚的汉学修养，书中随处可见唐代以前的诗文散织其间，其典故所出，在我的注释里占了不少比重。这也是中文译者的我，较诸他国译者，多一层使命感的任务所在。至于中国的读者，于阅读《源氏物语》译文时，则必然会因而在异国情调之中又倍觉亲近；这样子的阅读经验，也定非其他外国读者所能体会得到的。

一个小时的演讲和答问，时间似乎过得很快，但是回答完最后一个提问，结束谈话下台回到座位时，精神一松弛，我陡然感觉十分疲惫。想到自己从早上八点半走出旅邸赶赴会场，已整整十个小时，始终紧绷着神经，连休息时间都得会见许多认识与不认识的人，或许有些透支体力吧。晚宴是采开放式自助餐，我避开人群坐在比较不显眼的一隅，只和朱秋而及她的年轻同学们随兴交谈。

相对于首日的紧凑节目安排，次日只有上午及下午各一场讨论，而且十点才开始，所以令人感到相当轻松。不过，值星期日，天气又出奇的爽朗，所以听众席几乎满座，颇见到一些社会人士，足证《源氏物语》在民间所受到的爱戴情形。

上午的主题是“《源氏物语》与美术”。共有五位演讲者，除了第一位吉川真司（京都大学，史学教授）从政治史的角度切入，将听众引导于文学以外的范畴，其他的四位，根立研介（京都大学，美术史教授）、原口志津子（京都大学，美术史教授）、稻本万里子（惠泉女学园大学，美术史教授）、河上繁树（关西学院大学，工艺史教授），皆是从绘卷工艺的领域探讨《源氏物语》。

吉川教授以“摄关政治与国风文化”作为此组的首位讲者。他把平安中期日本借遣唐使团大量吸取唐土文化及文物，视为王朝文化兴盛的主因；安史之乱后，遣唐朝贡顿趋废弛，和风文化逐渐成熟。“汉字”虽然仍主宰着朝廷的公共生活，但权贵社会（含女官及僧侣）间则兴起“假名”文化。后代学者所谓“国风文化”便是这种政治环境下的产物。

根立教授的“国风文化论——以雕刻的和风为中心”，正好承接了吉川真司所启的话题。《源氏物语》诞生的平安中期废弛遣唐使团，但借由商舶往来，大陆文物仍继续输入日本。当时国风文化中的美术，于唐代样式之外，又融合了宋代风格。可惜今日可见的美术作品缺乏，倒是从留存的雕刻物间可以追想其貌。根岸教授不愧为雕刻史专家，一一放映阿弥陀佛、观音的坐像、立像，娓娓道来，如数家珍。

原口志津子教授的“关于‘吹拔屋台’——以《源氏物语》绘卷为中心”专就古代倭画（日本画）的绘画特色“吹拔屋台”（去除屋顶与墙壁的画法），配合丰富的放大影像照射，仔细解说。她所准备的资料以《源氏物语》及《紫式部日记》相关者为主，除了日本本地的美术馆，又有散见于美国波士顿的珍藏品。所谓“吹拔屋台”的画法，类似采取鸟瞰的角度，对于书中屋室内的女性生活，贵族临终场面，乃至于描写行事、法会等处，用这种超现实的画法，得以不受建筑物阻挡而表现无遗。这种绘制方法，我自己在《和泉式部日记》（一九九三）与《伊势物语》（一九九七）的中译本里也摹仿画出过。

稻本万里子教授的“中世、近世的《源氏物语》之绘画化”，也是从美术的角度讲《源氏物语》，但与原口志津子的内容并不重复。《源氏物语》书成之后，经中世、近世而广受爱诵，又通过绘卷、册子、扇面、色纸、屏风等等不同的形式而绘画化。今存者之中，最大规模的作品是十七世纪制成的所谓“幻之源氏物语绘卷”，为公私所收藏。除日本本土，又散见于美、法、比利时。稻本教授亦借助于投影的效果，让大家仔细观察到那些海内外珍藏的绘卷，其构图及局部细节。作为《源氏物语》的读者和译者，我们所掌握感受的是文字，而原口和稻本两位教授的演讲，则带领我们从另外的视觉角度贴近原著。这不得不敬佩她们的专业知识，也感叹今日科技的发达便利了。

此组最后一位演讲者河上繁树教授的讲题为“装饰袖袪的《源氏物语》——江户时代源氏图案之受容”。河上教授主工艺史，尤其专研染织史。从他的研究立场观察，《源氏物语》在后世的影响，不仅在绘画上，也及于工艺品，如雕像、器物、砚盒等等。而在染织衣裳方面，更因德川家康长女龟姬婚礼华裳采《源氏物语》图案，一时成为时尚流行。贵族如此，其后游女也竞相模仿；甚至庶民男女亦皆效之。从投影的彩色画面上看来，这真是新鲜有趣的内容。那些和服背面的图案如同《源氏物语》的故事重点标示，在有限的影像示例中有《柏木》卷著称的垂帘外“唐猫”、书中男女厢房相会，乃至于车驾桥廊、四季花草等等，无不典雅精致；而且在构图设计上颇具新颖动感，不亚于今日时尚的美学。河上教授说：“《源氏物语》在日本美术史上，提供了意象的泉源，其存在意义可谓超越时代。”

这场五人的研讨会足足进行了三小时，但由于整个上午仅此一场，且每人都有精彩的图片配合，并不觉得太劳累。午休也有一个半小时，下午从两点半开始。称为“关于《源氏物语》的普遍性与现代性”的圆桌讨论，其实是对于两天以来的总检讨。台上摆开半圆形的桌，从各组里推选主持人及讲者各一，四位外籍学者则全部被邀上台。

引言人川合康三教授为中国语文学教授。他在简短发言后，请台上讲者和台下听众，就一千年以前紫式部所写此书的“普遍性”与“现代性”踊跃发言，或提问讨论。

事实上，这个大会的主要议题有三：(一) 通过日本文学史，观察《源氏物语》的发生，其特质以及千年来传诵不已的事实。(二)《源氏物语》已有近二十本外国语译书，成为“世界的古典文学”。其背后必然具备超越时空的感人质素。(三)《源氏物语》不仅在文学上有深远的影响力，且又启发美术、工艺的想象泉源，而广为民间所共享。

星期日下午的这个综合讨论，由于采取台上、台下的开放发言形式，所以较诸前面三场显得轻松热烈。听众里颇有几位理工科领域的学者，也有不少喜爱文学的退休人士和家庭主妇。每个人从不同立场、不同观点发言提问，令人感觉《源氏物语》确实是有其普遍性与现代性。

这场最后的讨论会呈现有些欲罢不能的状况，延迟半小时才结束。

告别依依的人群，离开热烈的会场，一个人走在薄暮的校园，于些微疲惫中，有一种释然满足又感伤的情绪。很多年以前曾经来到京都独居一年，撰写中日比较文学的论文，那时也多次在这个校园里徘徊过。那一年的生活，形成我日后很多的变化。翻译《源氏物语》，也是许多变化之一。只是，五年半的译注过程里，我始终专注坚持，从未料想会遇到紫式部执笔的一千年纪念。人云“千载难逢”，而今竟逢。

三

大会招待我在“清风会馆”住宿一星期，我自己又延长了一些日子，所以会议结束后得有从容闲游的机会。

这一天没有设置闹钟，放任睡眠。悠悠醒来，已经有阳光自窗帘隙缝透进室内。虽是旅邸暂居，三四天以来在同一个空间里生活，竟也有些熟悉，几乎有家的感觉。

起身，拉开帘幕。晴空无云。又是一个好天气，气温约在摄氏十度左右。这应当是京都气候宜人的时节，我还记得。

这样美好的气候时节，应该如何安排完全自由的自己呢？昨夜睡前太倦，不愿多所费神，把问题留给今晨。

京都有数不清的古刹名庭，多年前住此时参观过不少，其后暂访乍到，也往往览游；这一次，想做一点不同的事情，譬如说，随兴闲步。

步出会馆，走到巷口，忽然想要右转，采取与前两天相反的方向；不是朝京都大学的方向。路旁是一些小小店铺排列着，家庭式杂货店、报纸杂志摊、饮料糖果店、修理皮鞋店……居然还有一间缮修榻榻米的店。这种行业的店铺，在东京似乎已经绝迹。大概还不到营业时间，门未开启，矮矮的玻璃窗并没有遮挡，店内也不见人影。我在玻璃窗前站着看了一下，似有几枚待修的榻榻米依墙堆置在内部。靠近小橱窗处立着一枚显然已修好的，那带着浅浅绿色的簇新席面，仿佛可以嗅到新鲜的草味。边缘镶饰的是精致的黄、黑二色织锦。难怪店主人把它放在窗口，是展示艺术品的趣旨，而这种古老行业，本就该是文化遗产的一种。在我抽身欲离时，抬头忽见一辆公共汽车驶近。车前挂着“锦林车库”牌子。记得从前住在北白川银阁寺道，“锦林车库”就是附近的一个公交车总站。于是临时兴起，等车停靠在身旁的站牌时便上了车，选了中间空着的位置坐下来。上半身随着车辆摇晃时才想，大概是想去看看往昔住过的地方吧。但是应该在哪一站下车呢？公交车司机的上方理当有预告下站的电子站名提示，而且也配合声音播放，但我还是挪移前方，请司机到时告知并且停车。

穿制服戴帽子的司机果然在银阁寺道站停车，尽责地对我说：“到站了。”我向他道谢，用铜板付了车资下车。下车处在一个不甚大的超级市场前。这个市场，我也记得，从前常来买食物和日常用品的地方。多年睽违，居然没什么变化。当年隆重开幕，令附近居民欣喜称便利的这个市场，依然生意兴隆。我进去走一圈，充满怀念的心情。看到装在红色网袋的蜜柑，用零钱买了一小袋。这种日本土产橘子皮薄汁多，酸酸甜甜，我一向喜爱的。

从超级市场往北走不到三十米路，就到北白川通与银阁寺道交叉路口。路口上一个银行的小分行，便是这一带的人存钱取款处。看来也仍然依旧。而在银行右转，便是银阁寺道，盖因此路通往银阁寺而得名。银阁寺道分为南北两道，中间是疏水。疏水其实是较宽的人造沟渠，水浅浅，夏季干旱时甚至水落石出。西岸有樱树和垂柳，春夏时节的樱花粉红似霞，柳叶嫩绿如梦，最是可赏。以前我借住的屋子在疏水南侧一间木屋的二楼。

走到这一地带，我的心竟然有些悸动起来。

日本老式的二层楼木屋，依然。附近左邻右舍，也还是往日旧貌。站在稍远处看，我承租过向街的木格子玫瑰窗，四片都紧闭着，像我从前那样子。窗子临街，不宜敞开。这幢小小二层楼房子属于一个开公共澡堂的家庭，日本人称为“汤屋”。他们自己的住处和“汤屋”，都在拐角过去不远的地方。

这幢楼的楼下稍大，有两间相连的房间，当时由一对母子租用着。胖胖的母亲把白发剪成齐耳，性格开朗，笑起来露出缺了一颗门牙的牙齿。她在京都大学任清洁妇，努力工作，养育喜欢弹吉的儿子。楼上亦二房，靠里面的租给一个刚自大学毕业的年轻人。作息习惯与我有别，我们隔墙毗邻而居，却甚少遇见。而前面有窗的六席的房间，便是我住了九个多月的地方。榻榻米上，铺着床垫和被子。有一纸门壁橱放置衣物琐细。此外便是一具小书架和一张装有电暖炉的小方桌。那张方桌是我的餐桌，也是我的书桌。我在那上面继续写在“人文”的图书馆未完成的论文。也是在那上面摊放《源氏物语》阅读。桌下有电暖炉的“炬”，又可以覆盖毯子或小棉被，寒夜读书颇暖和。但是我不习惯长时间盘坐读书，所以又往往仰卧躺在榻榻米上读《源氏物语》。

我在木屋前徘徊忆旧，但如今已没有权利进入。

屋子的外观虽无甚变化，但邻居显然已有异于往昔。右邻成为一家小料理店。门口挂着招牌，玻璃窗内贴着面点类小吃的照片和价格。大概是为招徕参观银阁寺的游客的吧。上午十时，店门尚未开。左邻是卖京都土产的礼品店。一个年轻女孩正在整理安排着物品，无非是些茶碗、纸扇、织锦钱袋类观光区到处可见的小东西。“欢迎光临。”见我进来，她笑容可掬地用京都腔招呼。双眼眯成缝，露出一枚小虎牙。

本来想看看就走的，却被右侧一堆小漆器吸引住了。约莫是八公分大小的茄形木雕，有红黑二色。“这蒂子可以打开，里面适合放牙签什么的。”说着，她拿起给我把玩。放在掌心中，小巧生动的木雕茄子，是依古法一次次髹漆出来的，所以无论黑色或朱红色都有含蓄的光泽。“各拿一个。请你包装起来。”可能是今天第一宗生意吧，女孩欣然用熟悉的手法包妥。“这个店开多久了？”“这个，我不太清楚。我来这儿两年多了。”

我本来还想问她一些其他的事情。算了吧。我住在隔壁时，她大概还没有出生吧？

和一再鞠躬道谢的女孩分手后，继续向前走了十多步。忽然停步。这是往银阁寺的方向，以前总习惯性走的方向。我个人认为银阁寺比金阁寺规模小，但是较为含蓄有味，尤其是它的石庭和青苔阴晴晨昏皆可观。但是，这样好的天气，想必是游人如织。这两天接触太多的人，心生戒畏，便此打消念头，改走另一方向。

折返北白川通，再往北行不到五分钟，从东小仓町可以迂回到达京都大学人文科学研究所图书馆。

我先到东小仓町口上的一家咖啡馆。往昔这小小咖啡馆的顾客大部分是“京大”和“人文”关系的师生学界人士，经常都是咖啡飘香，烟雾迷蒙，且高谈阔论的。而今是附近少见的七层楼洋房。唯一能追忆旧日风貌的，就剩屋主人在改建之际保留下来的木门。那木门的上半截是双层的木格子玻璃，其间以世界各地产的咖啡豆镶嵌着，颇为别致美观，曾经是这家咖啡店的招牌。这片古董老招牌门，像是一件碑碣诉说着历史，却又十分艺术地融合于现代建筑之中。

我推开那镶嵌着咖啡豆的门，在高敞明亮的一隅坐下来，随便点了一份附带招牌咖啡的早午餐。“还需要什么吗？”侍者问。“这样就可以了。”心想着：我需要的是宁静，和咖啡香，和一些记忆。

坐在宁静的一隅，听轻轻的古典音乐，喝着香郁的热咖啡。宽广的落地窗外直立着几棵落尽黄叶的银杏树。北白川通几乎没有什么变化。在这样的距离之外，隔着透明净亮的玻璃，我仿佛可以置身度外，看到车辆流过，行人流过；行人和从前的行人，以及从前的我自己。

原载《联合报·联合副刊》，二〇〇九年四月四日至四月九日

林文月参加京都大学大学院文学研究科主办的国际研讨会：世界之中的《源氏物语》——其普遍性与现代性（京都大学大学院文学研究科提供）

由右至左：台静农、台夫人与林文月。

# 身经丧乱

## 台静农教授传略

林文月

一九三三年生於上海。台灣彰化縣人。一九五九年至一九九三年任教於台灣大學中文系，曾於美國華盛頓大學、史丹佛大學、加州大學柏克萊分校、及捷克查理大學擔任客座教授。現為台灣大學名譽教授。已出版學術論著有《中古文學論叢》等三種，傳記《謝靈運傳》等二種，散文集《京都一年》、《遙遠》、《午後書房》、《擬古》、《作品》、《飲膳札記》等十餘種，翻譯有《源氏物語》等五種。

一九八七年十月，八十六岁的台静农教授在他台北温州街的寓所书斋“龙坡丈室”写下一篇极感动人的散文《始经丧乱》，追记五十年前，一九三七年的暑假，他从当时任教的青岛山东大学赴北平访友，不料竟遇到卢沟桥事变，日军侵华，风云生变，当时已经沦陷的北平城内，有乘载日本武装士兵的坦克车巡回驰驶，北平人民与外界断了联系。台先生于八月初通车后的第三日，拟返回家人所在的安徽芜湖。他在北平时借住于魏建功家，魏先生是北京大学教授，台先生临行前，魏建功托他带口信，面告在南京的胡适。其内容是向胡适请示日本占据后，留守的北大同仁们如何维持下去？学校的经费日形拮据，往后如何应付？台先生遂决定先到南京，再去芜湖。当时，战事初发，人心惶惶，风声鹤唳，一切都不可测知，而交通更无法畅通。他只得迂回乘轮船和火车经由天津、唐山、烟台、蚌埠，才到达南京，达成老友所交托的重大任务。这篇文章叙述了此事件的始末，并且写下了他沿途所亲历目证的兵荒马乱景象和民间苍生的流离恐惧。文章的最后一句话是：“这不过是我身经丧乱的开始。”

台静农教授诞生于一九〇二年十一月二十三日，原名传严。他的家在安徽省霍邱县叶家集镇，为当地世家。他幼承庭训，读经史、习书法。先入私塾，十二岁才与乡友张目寒、韦素园、李霁野、韦丛芜等人同入叶家集明强小学。他在小学时期已开始阅读严复所译西学著作，而萌发了改革的思想。十六岁，至汉口，入汉口中学，与同乡同学创办《新淮潮》杂志，鼓吹新文化运动，但只出版两期即停刊。一九二二年，汉口中学闹学潮，遂离校，经南京、上海转赴北平求学。一九二二年一月二十三日，他在上海《民国日报》发表处女作新诗《宝刀》，署名“静农”，其后陆续发表新诗二十六首，均用静农，遂终身沿此。

北平是当时新文化运动的重镇，台先生到后未几，即参与发起五四以来第三个全国性的文学团体“明天社”，社员共十八人。同年九月，考取北京大学旁听生资格，与董作宾同在中文系旁听，又曾在该校世界语C班选修世界语。其后，继入北大研究所国学门。该所成立于一九二二年秋，为全国成立最早的一个研究所，所长由校长蔡元培兼任，国学门研究所主任由中文系教授沈兼士兼任。国学门底下设有“歌谣研究会”、“整理档案会”（后改名“明清史料整理会”）、“风俗调查会”、“方言研究会”及“考古学会”。台先生在“风俗调查会”任事务员，负责管理会务。这一段半工半读时期，他和任职于“歌谣研究会”的常惠、“方言研究会”的董作宾及“考古学会”的庄严结识，成为终身莫逆。一九二四年八月，台先生应常惠之请，回故乡半年，搜集歌谣两千多首。其中有儿歌及有关社会生活的歌，首先抄录成册的六百首则都是情歌。他把其中的一百一十三首刊登于一九二五年四月和五月出版的《歌谣周刊》。后来，这些民歌于一九五七年，由娄子匡编入“民俗丛书”，取名为《淮南民歌集》

（台北东方文化书局印行，1971）。

一九二五年春，台先生回北平，由小学同学张目寒介绍而初识鲁迅。鲁迅长台先生二十一岁，两人友谊深厚，关系密切，直到一九三六年鲁迅逝世，在十一年多的交往中，台先生致鲁迅的信件有七十四封，鲁迅致台先生六十九封，目前收录于《鲁迅书信集》内者，尚有四十三封。同年八月三十日，鲁迅与台先生、李霁野、韦素园、韦丛芜、曹靖华等六人，在北平成立文学社团“未名社”，此社团维持了大约七年半。初期只刊印社员的翻译作品，称为“未名丛刊”，并先后发行《莽原》及《未名》两种半月刊。其后，为了充实内容，除翻译作品，社员也开始努力从事文学创作，遂更增“未名新集”。台先生在此段时期内，除了阅读许多外国的短篇小说译本之外，又在《莽原》及《未名》上发表多篇新诗及短篇小说，而成为两种刊物的主要作家。他的新诗或隐喻或直叙，映照现实生活，正视人间苦难，反对传统荒谬思想，充满了热血与活力。至于他的小说，则多取材于乡土民间，写出人民的辛酸和凄苦，呈现对于被侮辱和损伤的人民的关爱与同情。一九二八年及一九三〇年，“未名社”出版了他的两部短篇小说集《地之子》及《建塔者》。鲁迅除了称许他“贡献了艺术”，还把他和当时的一般创作倾向比较而赞美道：“在争写恋爱的悲歌，都会的明暗的那时候，能将乡间的死生，泥土的气息，移在纸上的，也没有更多、更勤于这作者的了。”

一九八四年，北京人民文学出版社合《地之子》、《建塔者》两本为一册，列入“中国现代文学作品原本选印”的系列丛书。次年六月，天津百花文艺出版社也出版了台先生的一个选本《死室的彗星》（《建塔者》中的一篇篇名），在前面的引言里说：“在中国现代小说史上，台静农是一位不应被忽略的作家。”在台湾，《现代文学》杂志于一九八〇年重刊台先生的十五篇作品。同年稍后，远景出版社以《台静农短篇小说集》之名出单行本。一九九〇年，远景再印，恢复了《地之子》的原名，并且在台湾首度印出《建塔者》。六十余年来，大陆和台湾两地重印台先生早年的小说创作，说明了他的作品不仅反映那个时代，具有文学史的数据价值，同时也考验了其作品历久不衰的可读性。

未名社成立次年之夏七月，台先生编辑了《关于鲁迅及其著作》，收一九二三至一九二六年间全国主要报刊对鲁迅的评论、感想及访问记共十二篇，书前有《鲁迅自叙传略》，书后附许广平《鲁迅先生撰译书录》，为新文学运动以来第一本评论鲁迅之论集，亦由未名社出版。其实，此书之问世，更在《地之子》与《建塔者》之前，实为台先生所出版的第一本书。

一九二八年四月七日，未名社因出版托洛茨基（Leon Trotsky）所著《文学与革命》（*Literature and Revolution*）（李霁野、韦素园合译），遭北平当局查封，台先生与两位译者被捕。韦氏因肺病，一周后释放。台先生与李氏则被关押了五十天，后经友人奔走营救才获释。事实上，从北伐到抗战前的六年之内，台先生曾三次遭受缧绁之灾。第二次发生于一九三二年十月十二日。他的北平寓所遭宪警搜查，并以查获“新式炸弹”和大量“共产党宣传书”为理由，把他逮捕入狱十多天。事后查知，所谓“新式炸弹”，只是友人托存的制造化妆品的仪器，而所谓“共产党宣传书”，则是未名社的书刊而已。一九三四年八月二十六日，台先生与范文澜同因“共产党嫌疑”，又遭北平宪兵第三团逮捕，押送至南京警备司令部囚禁。后经蔡元培、许寿裳、沈兼士等多位师友营救，于关押半年后，才在一九三五年一月无罪释放。

台先生的教学生涯始于一九二七年，他二十六岁时，由北大研究所国学门的导师刘半农推荐，任北平私立中法大学中文系讲师。其后，又在辅仁大学（一九二九）、北平大学女子文理学院（一九三三）及私立厦门大学（一九三五）任教。这段时期，他几乎一两年就更换一个学校。这种不稳定的情况，实因他的政治理念与当局相左，又几度遭牢狱之灾的缘故。一九三六年，由厦门到济南，任国立山东大学及私立齐鲁大学教授。在山东大学时，结识了在这两所大学任教的老舍，并成为好友。当时老舍刚在《宇宙风》杂志上刊完他的名作《骆驼祥子》。由于工作不安定，台先生把家眷安置在芜湖，而只身在此任教，故得经常与老舍一起谈论文艺、吃馆子、喝酒，算是不稳定的教学生活里比较愉快的经验。台先生后来有一篇散文《我与老舍与酒》，便是记述两人结交及饮酒的种种记忆。台先生在各大学里先后讲授过历代文选、中国文学史及文字声韵学、诗经、楚辞等课程。此段时期，他的教学生活虽与未名社的活动重叠，但教学并未影响到创作，而且由于他一向关怀俗文学，故而论文亦颇能见到独持的视野。例如一九三六年于《歌谣丛刊》上所发表的《从“杵歌”说到歌谣的起源》便是。

一九三七年，抗日战争爆发，中央政府和许多文武机构都迁移到大后方四川。台先生全家于次年秋天离开了沦陷区，辗转逃难到四川，定居于江津县白沙镇。初时偶以写作贴补家用，次年因国立编译馆为逃空难，由重庆迁移到白沙，才在该馆谋得一职。一九四〇年，教育部在白沙成立国立女子师范学院，他应邀担任国文系教授，其后兼为系主任。这时期，魏建功、李霁野、庄尚严等老友，也都来到四川，虽然当时的物质生活十分艰苦，甚至典衣告贷，方得勉强维持一家大小的生计，但大家犹能苦中作乐，谈书说艺，精神上却是相当丰富而愉快的。这些事情可见证于台先生晚年才披露诸生之间的律、绝、长篇等旧体诗《白沙草》（香港翰墨轩出版社，二〇〇一）之中，以及他过世后诸生为他编辑的《台静农先生珍藏书札（二）》（台湾研究院文哲所）。

抗战时期，鲁迅并没有迁移大后方，而于一九三六年病逝上海的日本租界。一九三八年十月十九日，“中华全国文艺界抗敌协会”（简称“文协”）在重庆举行“鲁迅逝世二周年纪念会”，台先生应主事者老舍邀请，演讲《鲁迅先生的一生》。他一开始便肯定鲁迅的一生是“一首史诗”，接着介绍其出生背景、求学历程、弃医学文之目的，以及一生致力破除封建余毒的努力，同时又扼要地指出鲁迅在学术著述和文学创作方面的贡献与价值。最后呼吁“为了争取最后的胜利，我们每一个黄帝子孙都得学习先生的精神，拿赤血献给中华民族！”可见，当时三十七岁的台先生，热情未减十多年前未名社时期，更因为抗日的愤慨而愈为激越了。自《从“杵歌”说到歌谣的起源》一文在《歌谣丛刊》刊登以来，也许是生活的波动太大，台先生已经许久没有发表文章，时隔多年，这是他抗战时期所发表的第一篇文章。而此后，他竟又积极地提起笔来，以文章报国，写出各种题材和各种文类的作品了。其中，重要的短篇小说如《大时代的小故事》（一九三八）、《被侵蚀者》（一九三九）等，散文如《国际的战友》（一九三八）、《鲁迅眼中的汪精卫》（一九三九）等，论文则有《鲁迅先生整理中国古文学之成绩》（一九三九）、《记钱穆斋遗事》（一九四〇）、《南宋人体牺牲祭》（一九四五）等。总计抗战时期所发表的文章，已查知者近三十篇，其中只有三篇论文后来被收入《静农论文集》（联经出版公司，一九八九），二篇小说曾被收入远景版《台静农短篇小说集》。

在“鲁迅逝世二周年纪念会”演讲后的次日，台先生搭船到江津去看望在当地行医的一位朋友。在没有刻意安排的情况下，意外见到他住在重庆因事到江津的父亲台佛岑先生（佛岑先生，清末毕业于天津法政学堂，一生在外任职，历任地方法院推事、院长等职），而且得见心仪已久的同乡长辈陈独秀。陈氏当时已近六十岁，长于台先生二十三岁，为五四运动领袖之一，曾办过《新青年》杂志，并曾任北大教授、文科学长。他一九二〇年代投入中国共产党，并连任党中央书记，后因故被撤销职务，又遭开除党籍。一九三二年，被国民政府逮捕入狱。五年后，获释出狱。一九四二年病逝。台先生在陈独秀生命的最后四年里认识了他，而与之成为鲁迅以外的另一位忘年莫逆之交。当时，陈独秀已淡出政坛，不再叱咤风云，正编写有助儿童识字的教科书《小学识字教本》。那是一本以科学方法有系统地整理中国文字的书。他们的谈话多以此书及文学艺术为主题。当时台先生在编译馆工作，陈氏借台先生在编译馆工作之便，协助他借书、油印和发行。一九三九至一九四二年间，陈独秀寄给台先生的书信多达百余封，其内容除一部分日常琐事，余多为谈论文字及书法，足证二人交情之深刻。这些书信，甚至大部分信封，台先生一直珍藏着，其后渡海来台，也甘冒白色恐怖时代的危险，始终近存于身边。陈独秀另有一份三十多页的自传稿，写于一九三七年七月十六至二十日的五日间，当时被国民政府逮捕，入南京第一监狱。一九四〇年五月五日，陈氏将此狱中所写的自传稿，题签致赠予相识不过才两年的台先生。其相知相惜之情可以想见。台先生把那一份自传稿亦小心谨慎携带来台，并且亲自为之裱褙成册。这些陈独秀晚年可贵的第一手数据，已经编辑为《台静农先生珍藏书札（一）》（台湾研究院文哲所，一九九六），至于陈独秀的自传原稿，亦已与其致台先生的书信保存于台湾大学图书馆特藏室内，可供有心人士参考览阅。

其实，战时的四川，也不能避免烽火。日军的飞机经常大规模地昼夜轰炸，造成建筑物倒塌烧毁，人民丧亡受伤，尤其重庆所受的摧毁最为严重。编译馆在白沙，而台先生当时任编译的工作是比较自由的，因此有一段时间里，他读书写字，做自己喜欢的事情。他用心临摹汉简，同时开始整理汉简数据，花了两年的时间才写成《两汉简书史征》一文，但为了进一步验证实物而未发表。台先生家学渊源，他的父亲台佛岑先生就是一位雅好书艺的人，并且收藏了不少法书碑帖，所以他少时便在父亲指导下习字临帖，很早就对书法有浓厚的兴趣。尤其在北大时期，更由于蔡元培、沈尹默等人的重视书法，提倡美育，当时的北大早已有书法研究社，成为北方书法的活动中心。台先生在那样的环境里，也自然融汇古今中西的文化，而成为既心仪西方思潮，又崇尚传统书艺的一位青年。至于其后所结交的朋友之中，如庄严、鲁迅、陈独秀、张大千、溥心畬等人，也都是擅长书法，甚至是兼工绘画的名家。“始经丧乱”而到达四川，这些志同道合的朋友，是他在战火下避难时期拮据生活中的一大安慰。从收辑在《台静农先生珍藏书札（二）》的各方朋辈信函中，于相互接济援助之余，犹高谈阔论艺文的字里行间，可以得到印证。

一九四〇年，国立女子师范学院成立。国文系系主任胡小石聘任台先生为国文系教授。女师院的规模很小，建筑在距离白沙镇五六里外的一座小山白苍山上，一共只有六百多个女学生。当时学校没有电，也没有煤油灯，吃的米饭有时是发霉的。台先生辞去编译馆之职后，便全家搬到白苍山上女师院的宿舍，过着与学生们同样的艰苦生活。不过，抗战时期大后方一般民众的日子大都如此，反倒是在女师院教书的四年里，台先生的生活比较安定，所以授课之外，有论文著述如《读日知录校记》（抗战文艺月刊，一九四一）、《关于西游记江流僧本事》（文史杂志，一九四一）、《南宋小报》（东方杂志半月刊，一九四三）、《南宋人体牺牲祭》（国立女子师范学院学术集刊，一九四五），以及知性散文，如《关于买卖妇女》（新蜀报，一九四〇）、《跋后汉两碑文》（新蜀报，一九四〇）等先后刊出。同时，由于胡小石是一位当时知名的文字学家，也是书法家，他年长于台先生十四岁，在四年共事期间，胡氏的书学意见与书法技巧，无疑地对台先生提供了一些影响。这段时期，也是台先生在行书方面用心临摹明代书法大家倪元璐的重要时期。一九四四年前后，张大千自敦煌莫高窟临古代壁画回四川，看到台先生用倪体写给张目寒的书信，大为惊喜，遂令学生双钩倪元璐巨幅行书“体秋”，成为台先生一直珍藏的宝物。这些艺文方面的师友情谊，实在是抗战时期，他极为丰富的性灵收获了。

一九四五年八月十四日，日本无条件投降。次年，有关抗战胜利“复员”问题，教育部起初承诺女师院师生，新校址将设在南京或其附近，但于正式迁校时，却只是迁到重庆附近交通大学的战时校址。此决定激怒了女师院的师生，师生罢教罢课，要求教育部收回成命。教育部却下令解散女师院，撤换院长，对教师一律换发新聘书，并解聘了几位教师，令学生限期登记，逾期者，取消学籍。多数学生迫于现实而从之。当时身为系主任的台先生拒绝了聘书。学生请他题字留念时，他总是写：“观人观其败，观玉观其碎。玉碎必有声，人败必有气。”充分流露了他的人格风骨。学院迁走后，台先生和家人迁出了学院宿舍，但仍留在白苍山上，等待新的工作机会。这时期，他和家人因顿失生计，时则需赖变卖衣物以买米煮饭。在一九四六年五月二十二日致林辰的信函，他写着：“弟为抗议教部处理失当，已自动引退。现拟暂住白沙，再定行止，倘不东下，则去成都。至于目前生活，则变卖衣物（反正要卖去的）尚可支持些时，友人亦有接济也。”《典衣》一诗也印证了现实景况：“检典春衫易米薪，穷途犹未解呻吟。君看拾橡山中客，许国长怀稷契心。”

一九四六年秋，台先生经魏建功推荐，应聘为台湾大学教授。当时台大的学生不多，中文系更是连一个学生都没有，这是因为台湾为日本殖民地长达半世纪，岛内民众都接受日语文教育而不谙中文的关系。等到第二年才招收新生，另收两名自大陆转学插入二年级的学生。一九四八年，台先生接任为中文系第三位系主任。直到一九六八年，六十六岁的台先生，以届退休之龄而坚辞系主任。他主持系务二十年，是台大中文系任期最长的一位系主任。当时的大学，尚未施行严格的“民主制度”，但台先生在看似“无为而治”的风格中，自有极宽广的视野。他聘请教员兼重前辈学者及青年俊彦，又留聘优秀的毕业生，遂建立丰富而多面的师资阵容，使系内新旧兼容，古今并进，大幅度开拓学术研究范畴。在他任系主任期间，台大中文系曾开设过由熟识世界汉学界情况的语言学家董同龢讲授的“西洋汉学名著导读”、详明日本汉学界的黄得时讲授的“日本汉文学史”、精译印度文学的前驻印外交官糜文开讲授的“印度文学概论”，及女作家聂华苓和以《家变》一书著称的外文系王文兴先后所讲授的“现代文学”。这种开明的胸襟与深远的计划，莫说是四十年前，即使在现今台湾（甚至全中国）的中文系，都是绝无仅有的事例。

台先生自己在青年时代是一位思想前进的人，直到来台之前的女师院罢课风潮，他都是站在学生的立场，与不合理的当局对抗。台大中文系的学生刊物《新潮》，颇受当时中西文化论战的影响，想要走出课程偏向旧诗和古文的景况，而只刊载新文学的创作和评论。台先生欣然为《新潮》的封面题了字。有一期编排了毕业生的留言，有“积极才会快乐，中文系太死气沉沉了”之句，被训导处审稿者认为侮辱学校，不准刊登。学生们求援于系主任，台先生立即打电话给训导处，使得该刊物顺利印出。至于他对待个别学生的态度，可谓深得“因材施教”之旨。他平日细察诸生的性向和专长，重启发，善诱导，使学生们能够各展才华，奠定了台大中文系自由开明、人才辈出之基础。台先生任系主任时，他办公室的门始终敞开着，学生们随时可以进去向他请益学问或提个别的问题。甚至他在学校近处的宿舍书房，也经常成为学生们喜欢拜访的地方。台先生的住所在台北市温州街十八巷六号，是他到台大任教之后，校方配给教员的一栋日式木造房屋。

一九四五年，八年的抗日战争，中国终于赢得胜利。然而事实上，并不意味中国人民从此获得和平的生活，相反地，国共内战接续而起，中国人民又不得不陷入更长期的内战乱局，以及领土分裂、亲友隔离的悲哀中。台先生因不满教育部对女师院师生出尔反尔，乃拒收聘书，但终因未能找到新工作，遂接受先一步到台大来的魏建功推荐而渡海来台。像当时许多从大陆迁移来台湾的人士，他大概也没有想到要长居于这个东南边缘的岛上，所以把宿舍的书房命名为“歇脚盦”，意思是说在此暂时歇歇脚而已。十年前，在兵荒马乱之中由北平辗转到南京，达成北大托付的任务，随后便扶老携幼迁移于四川；但是与再次迁移到这个更远的海岛相较，那真的“不过是身经丧乱的开始”罢了。由于在心理上没有长期居留于台湾的打算，在台北同住的家人只有他们夫妇、老母及四个孩子。他和父亲、弟弟却分隔两岸，很长一段时间里，无法通音信。而在父亲去世时，台先生甚至也不能奔丧尽孝心了。

这样的情况，其实也普遍发生在许多大陆来台人士的家庭里，其内心之郁闷可想而知。在后来出版的《龙坡杂文》（台北洪范书店，一九九一）序文里，他写着：“身为北方人，于海上气候，往往感到不适宜，有时烦躁，不能自已。”气候的不适宜所引起的烦躁，其实是有更多、更复杂的心理因素的。不过，也和大部分来台的大陆人士一样，既然外在的大环境令他们望乡而不能返乡，渐渐地，也只得看清现实，认同处境。台先生的许多老友如董作宾、庄严、张大千等人，也都先后来到台湾定居，与他的寓所距离不远，于是教学之余，论文谈艺，多少带来了一些安慰。而眼看着台湾可能成为此生久居之地，遂请张大千为书房写一匾额“龙坡丈室”。龙坡是台大宿舍温州街一带的里名，他的寓所为龙坡里九邻，故名。改“歇脚”为“龙坡”，正表现了台先生不再以此为暂时歇脚处的心理转变。

在台大任教时期的台先生，于教学撰著之余，书法成为他很重要的心灵寄托。他在晚年出版的《台静农书艺集》（台北华正书局，一九八四）序文中说：“战后来台北，教学读书之余，每感郁结，意不能静，惟时弄毫墨以自排遣，但不愿为人知。然大学友生请者无不应，时或有自喜者，亦分赠诸少年，相与欣悦，以之为乐。”而“龙坡丈室”的生活，也是他在书法上寄情渐深，取法更广的时期。他于篆、隶、真、草、行书各体都有钻研，而且逐渐融合书法传统，转化出其个人风格。一九六六年，台先生与庄严、孔德成、程沧波、王静芝等人组成一个书会，每月聚餐一次，观摩作品、讨论书艺，活动持续了两年多。他还邀请庄严到中文系讲授“中国书法”课。这门课颇受学生欢迎，一连教授十年，其间，庄先生还曾开过“中国书画评鉴”的课程。台先生的书艺，在台北已为许多人所知悉，登门求墨宝者渐多，但他天性不好名利，所以对于友人各方邀请开展览会，多予以婉拒。他的第一本书艺集《书道グラフ特集——台静农教授の书法》（一九八一），还是日本书道研究所的人士慕名而来台访问，商议为之出版的。一九八二年十月五日至十一日，台先生终于接受历史博物馆之请，举行了生平第一次，也是唯一一次的书法个展，展出作品共五十余件。当时并没有印制展出目录，也没有任何的开幕仪式。

书法之外，台先生也致力于篆刻和绘画的创作。他在北平教书时期，即与董作宾、庄严结为治印的同道。董氏十四岁已能为人刻印。庄氏未曾动过刀，但爱好此道，古印今印都收藏，并且一时兴起，组成“圆台印社”，请了篆刻名家王福庵和马叔平为导师。这个印社只有一次的集会便成绝响，但亲睹名家治印，且得其印谱，对台先生的影响却不小。篆刻与书法同为汉字之美化，皆在造型意趣上追求艺术的表现。台先生以余暇治印，数十年间未停，除了自用的书画印章之外，并曾为张大千、溥心畲、庄严、董作宾、胡适等人治印。他一生中治印虽不多，且面貌多变，而未形成明显的个人风格，但既得篆刻之乐趣，又对印学有深刻的认识，所以发表过专门讨论篆刻的文章，也曾为篆刻家乔大壮和王壮为的篆刻集写过序文。至于绘画方面，台先生最喜画梅，他的繁梅画，被张大千喻为“冬心”（清扬州八怪之一金农之号，擅长画繁枝密梅）。中国传统文人本来就是书笔与画笔相通，有书法素养，乃能工画。除了梅，台先生又多画松、竹、兰、菊，甚至瓜果、酒器等，以书法余心作画，聊以遣兴。他的画作，自己称之为“戏笔”、“逸兴”，只偶尔分送亲人或极少数的朋友、学生，为外界所不熟知。

辞去中文系主任之职以后，台先生仍在系中执教，至一九七三年，七十二岁，正式自台大退休，获学校颁赠为名誉教授。退休次年，他领导台大后辈学者们花了十年工夫所编辑的《百种诗话类编》（上、中、下）出版（台湾艺文印书馆，一九七四），为台大教学生涯画下一个完美的句点。这一套三大册的诗话集，取中国历代诗话一百零一种，分前、后编两辑。前编为作家类，其下又分个别作者、僧道作者、无名氏作者、作家合论四类；后编分诗论类、历代诗评论、体制类、作法类、品藻类、辨正类、论文类、杂记类等八类。使各代诗话集中，又将冗杂之资料，分别类聚，有例可寻，方便学者。

退休后，台先生应邀为私立辅仁大学及东吴大学中文研究所讲座教授，又继续教学十年。开设“治学方法”的课，着重近代学者如康有为、梁启超、蔡元培、章炳麟、王国维、刘师培，以迄于陈独秀、胡适等人。早年的台先生是一位成功的乡土写实小说家，对于中国农村社会的愚昧、闭锁，黑暗、冷酷，多所讽刺和批判，笔端则常流露出悲愤的情。在四川避战火时期，所写的小说与散文，也充分表现着热烈爱国的心。然而，渡海之后，台湾的局势日益紧张，政治上长期弥漫一股凛厉之风，他以过去与鲁迅、陈独秀和左翼文坛的亲密关系，又有三次入狱的经验，遂变得格外谨慎小心。一九四六年以后的写作，很明显地不再有小说，而以论文为主。但是，由于他的兴趣广泛，涉猎的文化范围大层面广，因而其内容是颇为多样性的。

台先生于青年时期受到五四新文化的洗礼，使得他的学术论述普遍带有那个阶段的启蒙思想者的理性和实证的性质，探讨问题时，既表现谨严征实的态度，又时常对于新学说和新观念勇于接受。例如较早期的《从“杵歌”说到歌谣的起源》（一九六三），是一篇探讨文学的起源和文学的性质的论文。他以在北大求学时下乡搜集“淮南民歌”的经验为基础，结合了古代文献，当时学者对中国少数民族的歌谣所作的田野考察数据，以及那时刚被译介过来的艺术史家柯若思（E. Grosse）及文化人类学家路威（R.H. Lowie）的理论著作，提出对歌谣，亦即是文学的起源和文学的性质的看法。他认为研究歌谣时，不能只侧重它与音乐、舞蹈的形式方面的关系，必须注意到其产生与人类实际生活的内在的、精神的关联。这种同时注意到文学形式的美学意义及内容上的社会历史因素，而在方法上试图把文学研究与其他科学整合的想法，是台先生所秉持的文学观的基础。他用这种整合的方法，探讨中国古代神话、传说、乐舞、优戏、风俗习惯等主题，而有《南宋人体牺牲祭》（一九四五）、《记四川江津县地券》（一九五〇）、《两汉乐舞考》（一九五〇）、《天问新笺》（一九七二）等论著，都充分表现其视野的广阔和对于新资料的注意，在文学研究方面，提出了不少极具建设性的看法。

《中国文学由语文分离形成的两大主流》（一九五一），讨论中国文字因口头语与书写语之分离，形成文学史上“语”和“文”作品的两大主流。书写语属于知识阶级的古文学，口头语属于民间的俗文学；这两大主流，各有其波澜淳漓，始终并行。台先生又十分重视政治因素和社会背景对于文学的影响，例如《魏晋文学思想述论》（一九五六）《论唐代士风与文学》（一九六五）二文，都是从历史的脉络里去追究政治现实之形成，以及其对于士人行为风尚的影响和文学风貌的产生。他一方面紧扣着整体的文学发展动向，同时也注意到个别作家的意识形态的问题。《嵇阮论》（一九五六）即其代表性的一篇论文。对于嵇康、阮籍这两个生在历史转折期的重要人物，台先生首先分析了魏晋之际的政治、社会、思想背景。而后将议论集中于对此二人的剖析。因此这篇作家论的重点，是在于他们的人格、精神和思想的讨论。嵇、阮二人遭遇到魏晋易代的现实，不做臣仆，便是抗拒，或者隐遁；而家世、个性、想法的不同，使他们走上不同的命运，但其生命的悲剧性则是相同的。

由于从大陆时期到台湾，台先生在大学里担任的课程都以中国文学史为重心，所以除了课堂上的讲义数据，他的论著也以与文学史相关的内容为主。

不过，因为兴趣广泛，而且艺术素养丰富，所以又多与书画篆刻相连者。如《平卢的篆刻与书法》（一九六六）、《“夜宴图”与韩熙载〉（一九六七）、《智永禅师的书学及其对后世的影响》、（一九七一）、《书“宋人画南唐耿先生炼雪图”之所见〉（一九七四）、《书道由唐入宋枢纽人物杨凝式》（一九七六）、《辽东行》、（一九七七）、《郑羲碑郑道昭诸刻石》（一九七八）、《魏密云太守霍扬碑》（一九八〇）等。此类文章甚为奇特，在本质上富有读书笔记或笔记小说的趣味，而其叙述铺露的方式，却有学术考证的功夫，更有严正的议论与品评，时常把绘画、书法、碑拓、历史与文学等各种知识熔于一炉，并且都有别出心裁、言人所未言的特殊观点。

一九八一年，逢台先生八十岁生日，海内外门生，为他热烈庆祝，并且出版了《台静农先生八秩荣庆论文集》（联经出版公司）。集中收有论文三十六篇，附录十篇，合计一〇一七页，共七十余万字。论文集的《弁言》称：“师座待人慈蔼宽厚，平日对于门生弟子，训诲勉励，视同子侄；与故旧交游，也是极重情谊。其精神不老，其思想常新，不蓄怨于人，不凝滞于物。”

一九八四年，台先生正式辞去辅仁和东吴两校的教职，居家以读书写字自娱。次年，《静农书艺集》由台湾华正书局出版，台先生在序言中自述其学书历程，并且附有“告老宣言”。这是因为欣赏仰慕他书法的人愈来愈多，求墨宝题字者更是络绎不绝，使他的生活和写字的心境备受影响，所以不得不公开宣布此后一概谢绝为人书写，以解脱书家“常为人役使”之苦。但后辈青年学生之上进者，偶以著作求题署书名，他仍时予应允，以示嘉许鼓励。

同年十二月，台先生受颁文化奖，除了对他献身教育事业垂五十余年表示敬意外，并表扬他的成就道：“早年致力新文学创作，文风兼具犀利批判与悲悯胸襟，作品至今犹为文学批评界重视；其后专攻古典文学研究，阐扬文化精义，重要著作《两汉乐舞考》、《论两汉散文的演变》、《论唐代士风与文学》等，断论创新，精微独到，于传承文化，功不可没。”

一九八五年秋，台先生的夫人于韵娴女士病逝。夫人长于台先生二岁，为安徽同乡。他们的婚姻，如同当时许多的中国人，系由长辈所安排，为处于新旧文化交替的时代里无可奈何之事。许多思想前进的知识青年，往往反对家庭所作的安排，而追求婚姻自由。台先生所做的决定，却是与胡适是一样的。在婚后一甲子的岁月中，他们夫妇养育四个子女，由北平而四川而台湾，同经丧乱，忧喜与共。和台先生硕壮的身材相比，他的夫人显得十分纤细，然而却是坚强而且勇敢的。台先生三度缧绁在狱时，是她镇定地在家照料子女；抗战时期的颠沛流离生活，是她始终陪在台先生身边；而在来台的四十年中，她也一日不离地克尽为妻、为母、为媳之责。她和蔼慈祥而不多言语，是一位具有中国传统妇女美德的女性。八十四岁丧妻，台先生有极深的悲哀，他写了一首旧体诗《悼亡》，充分说明了此心情：“相看儿女催人老，柴米商量累汝多。此是昔年共君语，君今先自委山阿。”先此，老友庄严和张大千也相继过世，台先生在一篇名为《伤逝》的散文里，追忆两位半生艺文之交，以这样的文字结束：“当我一杯在手，对着卧榻上的老友，分明死生之间，却也没有生命奄忽之感。或者人当无可奈何之时，感情会一时麻木的。”

友逝妻丧，而年事已高，健康情形渐渐不如往昔，晚年的台先生，心绪落寞可想而知。《有感》一诗，写出他不为人知的一面："时因秉烛销长夜，寂寞清尊醒醉间。一语语君君记取，老夫心事犹如环。"所幸，"龙坡丈室"内，仍时时有旧时老学生趋访，是一种安慰。而他自己则依旧寄情于书画，他的书法愈呈苍劲，随兴写意的松梅作品，也无不得心应手，自然成趣。一九八八年七月，台先生的第一本散文集《龙坡杂文》由台北洪范书店印行，收录了渡海后四十余年所写的小品散文三十五篇，大都为怀旧及序跋之文，内容则多涉及文学与艺术之美。次年，《龙坡杂文》获得中国时报文学奖"推荐奖"。该奖为对已成名作家的成就的肯定与奖励。一九八九年十月，《静农论文集》由台北联经出版公司印行，收录了五十年来所写论文中的二十五篇。十一月，获得"中山学术文化基金会"文艺创作奖。台先生一生淡泊名利，晚年整理文章事业，得到学术文化界社会各层的肯定，乃是实至名归，顺理成章之事。

一九九〇年一月，台先生因感饮食困难，经检查为罹患食道癌。十一月九日病逝于台大医院。当年十二月十日（农历十月二十四日）为台先生九十荣寿之期。稍早，香港艺术刊物《名家翰墨》，拟出版台先生与大陆书画家启功的专号，邀约故旧门生，提供各人所珍藏台先生的书画，并撰文以为祝寿之献礼。岂料，付印之际台先生竟逝世，只差一个月而未及目睹，诚为遗憾！集中除精印书法及写意画，又首度披露了台先生手书旧诗卷（19×365厘米），收四川白沙时期至台北"歇脚"、"龙坡"时期所咏旧体诗，共四十五首。从诗的内容，可以看出一位身经丧乱的热血之士所怀家国忧愤。由于亲身经历过艰险，他对于那些反映内情的诗作颇为谨慎，绝不轻意示人，如同他对待陈独秀的信函和自传稿一样。而即使在解严之后台湾的言论比较自由时，他也只偶尔抄写若干，给老学生传看而已。直到《名家翰墨》的专号刊出，将此诗抄公之于世，文学界及社会人士始看到，原来早年以写新诗和白话小说著称的台先生，是有他不为世人所知的另一面的。他较早的中、壮年时期的旧诗，颇受鲁迅影响，喜引楚辞句意，而内容则时或与杜甫类似。这大概是所处的时代背景与生活心情，古今契合的缘故。至于每多见荆轲和渊明的意象，则可以看出他盛气热肠，而又圆融通达的层面。他晚年的一首诗《老去》，写出了身经丧乱，看尽世态人生的一种苍茫的境界："老去空余渡海心，蹉跎一世更何云。无穷天地无穷感，坐对斜阳看浮云。"

台先生在那幅长诗抄的卷末有跋语："余未尝学诗，中年偶以五七言写吾胸中烦冤，又不推敲格律，更不示人。"生前不示人的旧体诗作，在二〇〇一年，他的百岁冥诞时，重新由《名家翰墨》印制成单行本《台静农诗集》出版，配合手迹及铅字版，并由翰墨轩负责人许礼平略为之注解。《名家翰墨》同时也推出《台静农／法书集》（一、二）两本，及专收画作的《台静农／逸兴》一本。台湾大学中文系与图书馆则于二〇〇一年十一月二十三日、二十四日两天，为纪念台先生百岁冥诞，在校本部总图书馆举行"台静农教授手稿书画展"、"纪念座谈会"及"纪念学术研讨会"。全部手稿及书画的一部分，于展览后，长存于图书馆特藏室内，作为日后学界研究台先生之原始资料。其中，有关中国文学史的资料部分，已由中文系昔日门生整理，于二〇〇四年，由台湾大学图书馆出版部刊印《中国文学史》（上、下）二册。

台静农先生的一生处于中国由传统旧制趋向新文化的时代，他早年怀抱满腔的热血和革新的理想，虽几度遭遇艰难，而始终不屈不挠。中年之后，再经丧乱，渡海来台，望乡却不能返乡，致终老海岛。但他在台湾献身教育，作育英才，授课之余，复以诗文书艺遣兴养志，成就非凡。他一生中执教最久的台湾大学，收藏了他毕生的著作原稿和重要书画诗抄。这里，其实便是他在无穷天地间的一个安身所在了。

原载《联合文学》二七〇期，二〇〇七年四月

# 参考书目

《台湾大学中国文学系系史》《台静农先生传》《台静农先生学术简表》（台湾大学中国文学系，2002）

《台静农先生纪念文集》（台北洪范书店，1991）

《台静农先生辑存遗稿》（台湾研究院中国文哲研究所筹备处，1993）

《台静农先生珍藏书札（一）》（台湾研究院中国文哲研究所筹备处，1996）

《台静农先生珍藏书札（二）》（台湾研究院中国文哲研究所）

《静农论文集》（台北联经出版社，1989）

《龙坡杂文》（台北洪范书店，1988）

《台静农短篇小说集》（台北远景出版社，1980）

《台静农代表作》（中国现代文学馆，1998）

《中国文学史》（上、下）（台湾大学出版，2004）

《书道グラフ特集——台静农教授の书法》（东京日本书道研究所，1981）

《台静农书艺集》（台北华正书局，1984）

《台静农　启功专号》（香港名家翰墨，1990）

《台静农诗集》（香港名家翰墨，2001）

《台静农 / 书法集》（一、二）（香港名家翰墨，2001）

《台静农 / 逸兴》（香港名家翰墨，2001）

《沉郁 · 劲拔 · 台静农》（台北雄狮图书，2001）

《百种诗话类编》（台北艺文印书馆，1973）

一九三六年，台静农摄于青岛。（台益公提供）

台静农像，26×18厘米，一九八三年作。（林文月绘画）

一九五六年，林文月（前排右三）及台大同学随台静农教授（左立一）参观北沟故宫。（庄灵摄影）

台静农与张大千、庄严赏画论艺。（庄灵摄影）

约一九八六年间摄于林文月台北寓所。由左至右为殷张兰熙女士、林文月、台静农先生、林海音女士、齐邦媛女士。（林文月提供）

台静农书写之隶书对联，48×164厘米，一九八四年作。（台益公提供）

松菊，28×69厘米（台静农绘画，出自《静农墨戏集》）

以憂延年
（為張大千刻）

為君長年
（為常維鈞刻）

志希長年（為羅家倫刻）

胡適校書記
（為胡適刻）

莊嚴
（為莊嚴刻）

鬗公長樂
（為張大千刻）

慕陵
（為莊嚴刻）

胡適
（為胡適刻）

環蓽盦（為張大千刻）

董作賓
（為董作賓刻）

胡適的書
（為胡適刻）

義熙甲子
（為溥心畬刻）

錢思亮
（為錢思亮刻）

台静农为友人刻印。（台益公提供）

京都屋顶（局部）（林文月绘画）

# 林文月

一九三三年生于上海，台湾彰化县人。一九五九年至一九九三年任教于台湾大学中文系，曾於美国華盛頓大学、史丹佛大学、加州大学柏克莱分校，及捷克查理大学担任客座教授。现为台湾大学名誉教授。已出版学术論著有《中古文学論叢》等六種、傳記《謝靈運傳》等二種、散文集《京都一年》、《遥遠》、《午後書房》、《擬古》、《作品》、《飲膳札記》等十餘種、翻譯有《源氏物語》等五種。

# 翻译和国民外交

林以亮

余光中写了一篇《翻译乃大道》，深获我心。这些年来，译坛略有寸进，可是速度有如蜗牛爬行，而且局限于英美文学中，没有群川归海的胸襟。最令人气短的是社会继续以旁门左道（似乎还不配称为小道）目之，壮夫莫为。

两年前我曾在《联副》发表《现代译坛的新方向》一文，指出林文月翻译《源氏物语》的苦心孤诣，她有了使人刮目相看的全译本，遂得代表我国参加美国印第安纳大学主办的世界性“源氏物语研讨会”。闻说日本东方学会今年为成立三十周年，正筹办纪念大会，其中有一天专题讨论《源氏物语》，仅邀外国嘉宾三人：除了林文月，还有美国的经氏（Donald Keene）和赛氏（Seidensticker），法、德等国译者不与焉。这才是真正的国民外交。经氏终其一生为翻译日本文学而努力，日皇特颁赐荣誉奖章以志其功。川端康成荣获诺贝尔文学奖，曾向赛氏表示，奖金应和译者平分。杨绛将《堂·吉诃德》自西班牙文译成中文，西班牙国王访大陆时，即获赠精装本中译留念。西班牙国内精通中文者嘉许为不可多得的佳译，当局随邀请译者前往访问，礼待极隆。

由此看来，第一流的翻译家不啻最好的国民外交家，他们的功绩岂在驻外大使之下？林文月现正细校修订版的再版本，预备带去参加日本东方学会大会，同时在执教写作之余，继续翻译川端康成等的作品。这样默默耕耘的翻译者不求名利，但看到成果时，想必有一种随收获俱来的满足之感。

我曾将英国韦理、美国赛氏、林文月和丰子恺的四种译本对照校阅了几章。韦理的译文主观最强，将书中描述的繁文缛节删去不说，原作暗中交代或没有交代的地方，他却大加发挥，添写了不少章节，实犯翻译的大忌，不足为法。丰子恺根本没有说明根据的是哪种版本，译文半文半白，“的了吗呢”等虚字成了“之乎者也”；和歌不是译为五绝，就是诌成七言诗两句，不中不和。诚如余光中所述，误译不少，就翻译论翻译，显然不孚众望。林文月的译本初版分五册发表，第一次较赛氏为早，全书较赛氏全译本为迟。从译文可以看出两人曾受严格训练，林文月沾光的是原作很多地方源自中国古典诗歌和典故，还原起来自然而清楚，这点在赛氏译文中只好从注解去体会。和歌部分则林文月另创新的形式以配合原作的韵味，颇见巧思；赛氏译为两行散文，虽尽量表达原意，但找不到歌咏的痕迹。不管林文月所创的新形式效果如何，其用心良苦，值得一赞。赛氏的译文干净利落，和林译各有千秋，堪称上品。我当时很想写一篇分析性的评介，但以自己不谙日文，写出来恐受“强以不知为知”之讥，所以迟迟不敢动笔。然而林译是跳出英文圈子的尝试，此点毋庸置疑。

纪德说过：“每一位优秀的作家都应该至少为祖国译一册优秀的

文学作品。”想起来是作家驾驭文字能力强，译出的作品圆熟可诵，易受读者欢迎，无形中带来新鲜的文化震荡。我们不妨回顾和环视译坛情况：夏济安译了《美国散文选》；乔志高除了《大亨小传》、《长夜漫漫路迢迢》，近年正在译福克纳长逾五十万字的《天使望乡》；余光中已经译了十册书，并拟日后继续翻译画家传记；汤新楣译了《战地春梦》和凯塞的《原野长青》、《我的安东妮亚》；我本人大部分时间花在编辑翻译书刊上，译作较少，《攻心记》还不能算是经典之作，唯盼退休后仍有精力译一部名著或有益世道人心的作品。希望其他学者作家为了文化发展前途，在教研创作之余做出一点牺牲，响应纪德的呼吁。

目前我们的译坛还自困于英文的范围中，因各大学的外文系偏重英语，社会也偏重英文人才，忽略了其他国家的语言文字和文化宝藏。皇冠的“世界名著精选”几乎把美国的畅销书一网打尽，魄力惊人，可是只照顾到英美文坛。欧洲方面，法文有程抱一和胡品清，不免人单势孤。西班牙文向来受到忽视，使我想起，不知三毛可否介绍一些西班牙和南美洲作家的作品；侯健译了《柏拉图理想国》，虽然由英文转译，却是极好的开端，可惜还未见到有分量的评介文章。我不能了解的是：难道我们这富裕的社会，果真安于精神的贫乏？一句话，我们应该放眼四海，还是应该满足于苟安的现状？社会、个人实应冷静地反省一下。

原载《联合报·联合副刊》，一九八五年三月十二日

# 林文月散文的特色与文学史意义

何寄澎

林先生有三种文笔，一是学术论著，二是散文创作，三是日本古典文学的翻译。虽然林先生早期曾写过小说，但创作主要在散文，因此可说是位纯粹的散文作家。我第一次谈论林先生的散文是在一九八七年，题称《真幻之际·物我之间——论林文月散文中的生命观照及胞与情怀》，刊登于《国文天地》第二十五、二十六两期，那是国内首次以较学术性的方式谈林先生作品的文章。十多年来，林先生的散文作品续有不断的自我突破与进境，如今再谈林先生的作品，自然不再只是多年前那篇文章已论之内容；不过，林先生所关心的主题、特殊的写作方式以及本色神貌，却仍可谓一以贯之。

为方便大家了解，在此先扼要说明林先生的作品：若去除一些不相关的枝节，林先生最早的散文集应属《京都一年》——林先生受补助至京都大学进行为期一年的访问、研究，因之写下各种观察、感怀。其时，林先生已三十余岁，而琦君早已享誉文坛，张晓风亦已崭露头角，她的前后辈都已卓著名声，而她才刚开始写作。但回顾三人的文学成就，林先生颇有与琦、张二人不同之处，于二者亦不遑多让。话说回来，《京都一年》、《遥远》、《读中文系的人》、《午后书房》四本书，可说是林先生前期的作品；《午后书房》之后有《交谈》、《作品》、《拟古》、《饮膳札记》等书，可谓后期的作品；而这两个阶段的过渡作品是《交谈》。

基本上，我想从散文史的意义看林先生的作品与价值，因此采下列方式说明：第一部分是分析林先生作品的特质；第二部分是分析林先生在散文史上的意义。

## 林先生作品的特质

我于一九七六年那篇论文谈论林先生的作品只及于《午后书房》，那时我认为林先生的散文已到成熟的地步。在论文里，我以中文系的写作方式分析林先生作品的内涵、表现方法，其中有些观点有必要在这里重谈，但稍微换个角度，以下分从三方面析述：一是作品的思想性；二是作品的抒情性；三是作品的记叙性。

### 一、作品的思想性

谈到作品的思想性，必须以前期作品作为主要的考察对象。

有关“思想性”，殆有二点可言：第一点是林先生认为生命本质是如真似幻的。

对于生命的感悟，林先生觉得似真实幻，似幻实真。生命其实充满了虚幻，但虚幻又不真只是虚幻，它确确实实会留下痕迹，因此它在本质上还是真实。在此，《遥远》、《步过天城隧道》、《翡冷翠在下雨》等，可为好例。《遥远》描写的是“若有似无”、“若无还有”的冥感境界——这种隐约朦胧、似真如幻的感觉与体悟，不断出现在林先生早期作品中，故当其步过天城隧道时，脑中翻涌出现的是川端康成和松本清张笔下的人物，在走过的过程中，不断用时空交错的手法，揣想小说中少男当时的心情，孰料走完后，回头一看，隧道上方竟写的是“新天城隧道”。换言之，作者方才“认真”的怀想，霎时都成虚幻，然而那两千余步走过来却又是确确实实的经验，绝非虚幻。而当林先生走过翡冷翠的街道，透过现代橱窗看到古典的建筑，其实仿佛走在时光隧道里；她最后看看手上的表——台北的时间：一点半。作者借这样的描写使读者产生今昔交错、时空互换的如真似幻之感。类似例子，颇可见于《午后书房》之前的作品。林先生是透过她生命中大大小小的事物，不断地提出“生命仿佛是虚幻却又确实存在”。当感觉虚幻时，可能怅然若失，但生命却毕竟需要积极面对。因此林先生的情调像陶渊明，最后的抉择、体悟却像苏东坡，因为东坡常说人生如梦，但东坡也因体会到人生如梦，乃从消极转生积极，认为既是一场梦便要把梦做好。

第二点，是林先生表露的民胞物与的襟怀。

民胞物与的襟怀可在《午后书房》及其之前作品中见到多例。例如《在喀剌蚩机场》一文，林先生精细地描写机场工人擦拭扶梯的情景，表现出人都是高贵而有尊严的。《义奥边界一瞥》，写她坐巴士过边境时，看到一幕场景：一年轻女子开车要过边界，拿出的不是护照而是巧克力，海关的警察迟疑后收下让女子通过。过了数十分钟，警察交班，林先生看到一个十来岁的女孩子骑个脚踏车过来，原来是这个警察的女儿，当爸爸的便拿出巧克力给他的女儿。林先生在这里极甜美温馨地写下世间人情的和谐美好。《苍蝇与我》一文，则写有一个奇妙（似偶然而必然）的晚上，家人都不在（平常绝少如此），只有林先生一人在家。晚餐时打不到的一只苍蝇又出现在书房，如常的搓着手脚，不知危机将近，林先生突然打不下去。第二天早晨进入书房看到一只翻身的苍蝇躺在书桌上，忽然有一种只有自己才明白的孤寂之感袭上心头。在文中，林先生表现出她与物之间的互通，带有谁是朋友，谁又是敌人的哲学性。那晚家人都不在，陪伴孤独的她只有那只苍蝇；在巧妙的机缘里，是敌人的苍蝇成为伴侣，所以才会说只有自己知道的孤寂感——这就是民胞物与的感受。

补充一点，林先生因为所有的作品都是用反复铺陈、推敲的方式书写，所以记叙性格很浓，换言之，这些表达她思想性的作品同时也有记叙性，而其记叙性的作品中却又可以见其抒情性。

## 二、作品的抒情性

抒情性是林先生第二阶段作品中非常重要的特质，此即缅怀伤逝。熟悉中国古典文学的人都知道，“伤逝”是古典文学重要主题之一。针对林先生的作品言之，林先生在《交谈》以后的作品，生命似真似幻的情调、民胞物与的情怀几乎消失，代之而起的是缅怀伤逝。《交谈》这本书中的文章，如《幻化人生》、《台北车站的最后一瞥》、《欢愁岁月》、《过年的心情》、《再会》等，从题目至内容皆可以看出，早期的似真如幻的情调在此时还出现。但在《作品》一书中就有多篇写她的长辈，如：写父亲、写舅舅、写台静农先生、郑百因先生等。而《迷园》一文则写她在上海的儿时回忆，写那样一个僻处弄堂底，充满神秘的园子。那座令她迷惘、好奇，又恐惧的园子，反射了作者对未知世界充满探索的童稚心灵。事实上，整本《作品》充满缅怀伤逝的情调，笔触与前期也不同。前期表现思想性的作品，笔法是非常经营的，而构思、文笔相对于现代散文的美学风格来讲，偏属平淡朴实；但到了《交谈》以后的作品，风格变得浓稠、华丽、奇诡，例如《作品》一书中，《作品》写一个梦境，一个青年掘地、铺柏油、作画的过程，风格既后设，又如庄生寓言，更宛如中晚唐诗，这是她作品中从未有的，主题、文笔都有了明显的转变。这种转变我想可能与年岁有关，《交谈》一书成于五十岁以后，人生过了中年，哀乐皆有，身旁的人离逝多于存在，故积极的生命情调转为感伤，甜美的感觉亦不复存在，且有了萧瑟之感（参阅《尼可与罗杰》），人与人之间的美好和谐转成隔阂无奈。

## 三、作品的记叙性

基本上，林先生由于一贯使用反复铺陈的叙写方式，所以记叙性的浓厚是非常明显的。杨牧先生编《中国近代散文选》时，将散文分为七类，记叙是其中之一。而林先生被归为白马湖风格（夏丏尊为开山始祖）一类，可见林先生作品的记叙性为识者所共认。

但林先生作品中仍有与前述思想性、抒情性比重不同，而确有鲜明记叙性格者，此即《拟古》、《饮膳札记》。《饮膳札记》诸篇，对各种佳肴美馔的描写，莫不自材料选择，至处理细节，至烹饪方式、辅助器具，乃至特殊心得，条分缕析，极为详尽细腻，堪称一本精细的食谱，记叙性浓厚；《拟古》中《江湾路忆往》拟《呼兰河传》，文长万余字，对自己童年在上海所居住的空间，几以搜罗惧遗的态度细细追述；《平泉伽蓝记》、《罗斯堡教堂》拟《洛阳伽蓝记》综汇史、地材料，穿插典籍记载，既如史乘，又如地理志，唯文笔前者古雅，后者清新，正衬托东、西方建筑之不同美感、不同气韵；《散文六则》各篇亦差近似之。

要注意的是，林先生的作品早期充满思想性，后期却充满抒情性，最后又有记叙性，但记叙并非僵固呆板之记叙，乃在记叙之笔中蕴含无限思感，如《饮膳札记》便是以记叙为本，出之以抒情，仍是缅怀伤逝的另一种反映——借由食物怀念有关的人与事。

## 林先生作品在散文史上的意义

有关林先生作品在现代散文史上的意义，大概可就以下四点观之，它们包含了：题材的新变、体式的突破、风格的塑造以及风气的先导等。

### 一、题材的新变

首先，我要强调，林先生作品在散文史上的意义，无一不扣回前述其作品的特质。平实来说，在古典或现代散文整个传统中，林先生的思想性并没有特别深厚之处，然而她众多作品所表现出对如真似幻的生命体悟及民胞物与的情怀，现代散文作者中却没有第二人如此。

再者，缅怀伤逝在古典文学中是重要主题，但却不是现代散文的重要主题，就五十年来的台湾散文来看，唯一的回忆文学典型似乎是琦君，但林先生《交谈》以后的作品显然树立另一种典型，且较琦君来得深厚。由于林先生透过人、事、物及写作体裁、手法的改变来书写，因此就“回忆文学”而言，林先生与琦君可谓相互辉映，且可能有过之而无不及。

## 二、体式突破与风格塑造

杨牧先生曾经说：“现代散文务求文体模式的突破，这是我的信念。”“模式”一词，包含文类的跨越、写作策略的改变等。杨牧鲜明地讲出他的理论，并以实际创作证明之。林先生则从来没有提过理论，但她在散文体式的突破与创新上的成就却是斐然可观。例如《饮膳札记》回忆的情调、对象并非单一化，全书是食谱与回忆文学的综合体；又如“拟古”在中国传统文学当中，是写作者相当重要的写作策略，且有其相承之脉络。西晋太康陆机有《拟古十四首》，其拟古的对象为《古诗十九首》；《古诗十九首》是魏晋以下诗人的典范，陆机以下有谢灵运、鲍照、陶渊明拟古，这样的拟古已非单纯而自有美学意义在其中，即他们借由模拟典型创出新的典型。但其中困难之处乃在：若与拟古无关则称不上拟古，若与拟古关涉太深则谈不上创新，所以此间的拿捏便是作者要呕心沥血推敲之处。散文中，仅有林先生有拟古的创作散文，即《拟古》一书，此外别无他人，故可说林先生开创了一种写作方式。这是个实验，当然有成功亦有仍待琢磨处，后者如《江湾路忆往》虽堪称佳作，却与所拟的《呼兰河传》

联系不大；《散文六则》拟《东坡志林》，第一则失手，盖无东坡之气韵，其他几则较成功。《洛阳伽蓝记》虽是记叙之笔，实则也是缅怀伤逝，林先生有两篇文章拟《洛阳伽蓝记》，一写西方庙宇，一写日本庙宇，后者与《洛阳伽蓝记》风格一致，前者于拟古精神之掌握甚佳。从林先生的拟作来看，林先生由拟古锻炼出一种新的文笔，例如华美厚重的文笔是《拟古》之前所未有的，此为吸收拟古对象的优点加以自己风华而成。

### 三、风气的先导

之前所谈林先生的思想性作品，其中有百分之七八十来自她的旅行经验。这些行旅作品，不重景物雕镂，毋宁着重呈现其所思、所感，既质实又波澜，既平易又深邃，大异往昔记游体貌；即与晚近旅行散文相较，亦旨趣夐绝——盖林先生所作不仅“一我”，尚多人性、人情；乃“小我”、“大我”之不断关涉；晚近后起之作则多“自我”为主体，呈现特异“独白”格调。以今视昔，近十年来旅行散文大行其道，林先生的成绩不可弃而不谈，就文学史的发展而言，不仅展现与其前、其后不同之格调，殆亦可谓风气之先导。

## 结语

林先生基本上已形成自成一家的写作风格，即一贯的铺陈反复、细腻翔实、严谨经营。她的写作如其为人之精致，并如实呈现她的体悟感怀。我个人认为，除去个人的才性外，林先生的写作渊源有二，一是与古典学术涵养有关，林先生研究的是六朝文学，而六朝文学即是繁缛精致而漂亮的，林先生作品的第一个渊源当来自太康文学一系。二是日本文学，日本文学的表现基本上是反复铺陈、巨细靡遗。这两点应是影响林先生散文写作的最重要关键。至于林先生作品的整体美学风度，我以为“似质而自有膏腴，似朴而自有华采”二语也许可概略形容。

最后，要强调的是，林先生虽已突破了现代散文的体式，但仍是散文的“正统”，也仍是近年来逐渐少见的“纯散文”——这一点非常值得后起之秀深思体会。

原载九歌出版《林文月精选集》，二〇〇二年七月二日

# 林文月著作年表

林文月

一九三三年生於上海。台灣彰化縣人。一九五九年至一九九三年任教於台灣大學中文系，曾於美國華盛頓大學、史丹佛大學、加州大學柏克萊分校，及捷克查理大學擔任客座教授。現為台灣大學名譽教授。已出版學術論著有《中古文學論叢》等三種，傳記《謝靈運傳》等二種，散文集《京都一年》、《遙遠》、《午後書房》、《擬古》、《作品》、《飲膳札記》等十餘種，翻譯有《源氏物語》等五種。

No.

(12×25)

| | | | |
|---|---|---|---|
| 一九六〇 | 《圣女贞德》 | 编译 | 台湾－东方出版社 |
| 一九六一 | 《居里夫人》 | 编译 | 台湾－东方出版社 |
| | 《南丁格尔》 | 编译 | 台湾－东方出版社 |
| | 《茶花女》 | 编译 | 台湾－东方出版社 |
| 一九六三 | 《小妇人》 | 编译 | 台湾－东方出版社 |
| 一九六六 | 《基督山恩仇记》 | 编译 | 台湾－东方出版社 |
| | 《谢灵运及其诗》 | 论文 | 台湾大学－文学院文史丛刊 |
| 一九六七 | 《澄辉集》 | 论文集 | 台湾－文星书店 |
| 一九七一 | 《京都一年》 | 散文集 | 台湾－纯文学出版社 |
| 一九七六 | 《山水与古典》 | 论文集 | 台湾－纯文学出版社 |
| 一九七七 | 《谢灵运》 | 传记文学 | 台湾－台湾书店有限公司 |
| | 《青山青史——连雅堂传》 | 传记文学 | 台湾－近代中国出版社 |
| 一九七八 | 《读中文系的人》 | 散文集 | 台湾－洪范书店 |

| | | | |
|---|---|---|---|
| | 《源氏物语》 | 翻译 | 台湾一台大中外文学丛书 |
| 一九八一 | 《遥远》 | 散文集 | 台湾一洪范书店 |
| 一九八二 | 《谢灵运传》 | 传记文学 | 台湾一台湾书店有限公司 |
| | 《源氏物语》 | 修订版 | 台湾一台大中外文学丛书 |
| 一九八四 | 《破天而降的文明人》 | 翻译 | 台湾一九歌出版社 |
| 一九八六 | 《午后书房》 | 散文集 | 台湾一洪范书店 |
| 一九八八 | 《交谈》 | 散文集 | 台湾一九歌出版社 |
| 一九八九 | 《枕草子》 | 翻译 | 台湾一台大中外文学丛书 |
| | 《中古文学论丛》 | 论文集 | 台湾一大安出版社 |
| 一九九三 | 《作品》 | 散文集 | 台湾一九歌出版社 |
| | 《拟古》 | 散文集 | 台湾一洪范书店 |
| | 《和泉式部日记》 | 翻译 | 台湾一纯文学出版社 |
| | 《风之花》 | 散文集 | 武汉一长江文艺出版社 |
| 一九九四 | 《青山青史——连雅堂传》 | 再版 | 台湾一雨墨文化事业有限公司 |
| 一九九六 | 《京都一年》 | 再版 | 台湾一三民书局 |
| | 《山水与古典》 | 再版 | 台湾一三民书局 |
| | 《饮酒及与饮酒相关的记忆》 | 散文集 | 台湾一洪范书局 |
| 一九九七 | 《伊势物语》 | 翻译 | 台湾一洪范书店 |
| | 《夏天的会话》 | 散文集 | 天津一百花文艺出版社 |
| | 《和泉式部日记》 | 三民版 | 台湾一三民书局 |

| | | | |
|---|---|---|---|
| 一九九九 | 《饮膳札记》 | 散文集 | 台湾—洪范书店 |
| 二〇〇〇 | 《源氏物语》 | 洪范版 | 台湾—洪范书店 |
| | 《枕草子》 | 洪范版 | 台湾—洪范书店 |
| 二〇〇二 | *Devet Zastaveni* | 捷译论文集 | 捷克—Dharmagaia出版社 |
| | 《生活可以如此美好》 | 散文集 | 香港—天地图书有限公司 |
| | 《林文月精选集》 | 散文集 | 台湾—九歌出版社 |
| | 《中国文化对日本文学的影响》 | 论文 | 台湾—时报出版 |
| 二〇〇四 | 《回首》 | 散文集 | 台湾—洪范书店 |
| | 《十三夜》 | 翻译 | 台湾—洪范书店 |
| | 《人物速写》 | 散文集 | 台湾—联合文学出版社 |
| 二〇〇六 | 《写我的书》 | 散文集 | 台湾—联合文学出版社 |
| | 《京都一年》 | 再版 | 北京—三联书店 |
| 二〇〇九 | 《三月曝书》 | 散文集 | 上海—上海人民出版社 |

一九六七年，肖像画未完成前，郭豫伦在画室。（林文月提供）

**图书在版编目（CIP）数据**

蒙娜丽莎微笑的嘴角 / 林文月著. -- 北京 : 北京时代华文书局, 2018.3
ISBN 978-7-5699-2256-1

Ⅰ. ①蒙… Ⅱ. ①林… Ⅲ. ①杂文集－中国－当代Ⅳ. ① I267.1

中国版本图书馆 CIP 数据核字（2018）第 001907 号

本著作物简体版经成都天鸢文化传播有限公司代理，由有鹿文化事业有限公司授权中国大陆（不包括台湾、香港及其他海外地区）出版。
本书照片由拍摄者授权（姓名全衔由有鹿文化事业有限公司提供）

**蒙娜丽莎微笑的嘴角**
MENGNALISHA WEIXIAO DE ZUIJIAO

著　　者 | 林文月

出 版 人 | 王训海
选题策划 | 高　磊
责任编辑 | 胡俊生　程　鹃
封面设计 | 孙丽莉
版式设计 | 段文辉
责任印制 | 刘　银　范玉洁

出版发行 | 北京时代华文书局 http://www.bjsdsj.com.cn
北京市东城区安定门外大街 138 号皇城国际大厦 A 座 8 楼
邮编：100011　电话：010－64267955　64267677
印　　刷 | 北京盛通印刷股份有限公司　电话：010－52249888
（如发现印装质量问题，请与印刷厂联系调换）
开　　本 | 880mm×1230mm　1/16　印　张 | 14　字　数 | 170 千字
版　　次 | 2018 年 9 月第 1 版　印　次 | 2018 年 9 月第 1 次印刷
书　　号 | ISBN 978-7-5699-2256-1
定　　价 | 56.00 元